Arena-Taschenbuch

Band 50993

Ebenfalls von der Autorin im Arena Verlag erschienen:
Denkzettel. Wenn dein Albtraum wahr wird

Daniëlle Bakhuis,
geboren 1982, schrieb bereits mit 18 Jahren für die Kolumne der Mädchenzeitschrift *Fancy*. Nach ihrem Journalismus Studium machte sie sich als Redakteurin selbstständig und arbeitete unter anderem auch für *CosmoGIRL* und *Yes*. Seit 2008 schreibt sie Bücher für Jugendliche. Daniëlle Bakhuis lebt in Amsterdam.

Daniëlle Bakhuis

Nur 6 Sekunden

Aus dem Niederländischen von
Sonja Fiedler-Tresp

Arena

Die Übersetzung dieses Buches wurde gefördert von der Stiftung für die Produktion und Übersetzung niederländischer Literatur: Nederlands Letterenfonds.

FSC
www.fsc.org
MIX
Papier aus verantwortungsvollen Quellen
FSC® C110508

1. Auflage als Arena-Taschenbuch 2017

Die Originalausgabe erschien 2014 unter dem Titel
Zes Seconden bei Uitgeverij Ploegsma, Amsterdam, Niederlande

Aus dem Niederländischen von Sonja Fiedler-Tresp
Covergestaltung: Geviert, Grafik & Typografie, Andrea Hollerieth
unter Verwendung eines Motivs von Eugenio Morongiu/Shutterstock
Umschlagtypografie: KCS GmbH · Verlagsservice & Medienproduktion, Stelle/Hamburg
Gesamtherstellung: Westermann Druck Zwickau GmbH
ISSN 0518-4002
ISBN 978-3-401-50993-8

Besuche uns unter:
www.arena-verlag.de
www.twitter.com/arenaverlag
www.facebook.com/arenaverlagfans

»Ach, und übrigens. Wenn du es wirklich wissen willst, es ist da lang gelaufen.«
»Wer?«
»Das weiße Kaninchen.«

Aus: *Alice im Wunderland*

WARNUNG

Die *Abrechnung* basiert auf einem Spiel, das es tatsächlich gibt. Der Rest der Geschichte ist fiktiv.

1

Bleib einfach ganz ruhig liegen. Wenn du dich nicht bewegst, kann gar nichts passieren.«

Jacky bohrt ihre Knie so fest in meine Oberarme, dass es wehtut. Ich liege mit baumelnden Füßen quer über ihrem Doppelbett, während mein Nacken unbequem auf der harten Kante einer Spülschüssel hängt. Jacky sitzt breitbeinig auf mir. Langsam zieht sie eine Dose Red Bull auf und kurz danach riecht es so säuerlich, dass mir übel wird.

»Mhm, einfach köstlich.« Jacky hält sich die Dose unter die Nase und atmet tief ein. »Hanna, filmst du?«

Aus den Augenwinkeln sehe ich, dass Hanna ihr iPhone bereithält. Ich drehe den Kopf weg. Die Kante der Spülschüssel schneidet mir in den Nacken. »Nicht filmen. Bitte.«

Im nächsten Moment packt Olivia meinen Kopf und dreht ihn zur Seite. Ihre Nägel bohren sich in die dünne Haut über meinem Ohr.

»Au!«

»Entschuldige.« Olivia beugt sich über mich. Ihr Pferdeschwanz kitzelt mich wie ein Pinsel im Gesicht. »Lächle doch mal kurz in die Kamera! Jasmin ... Cheese.«

Ich beiße die Zähne zusammen und gucke so böse wie möglich in die Kamera. Ich weiß, dass es sinnlos ist, aber es ist das letzte bisschen Widerstand, das ich noch leisten kann.

»Mund auf!« Jacky drückt meine Wangen zusammen, als wäre ich ein Kleinkind. »Und jetzt auflassen. Wenn du das nicht schaffst, gießen wir dir in den nächsten sechs Sekunden Essig rein.«

Stöhnend gebe ich ein kleines Stück mit dem Unterkiefer nach.

Seit dieser schrecklichen Geschichte mit dem Trichter und dem Tequila im letzten Sommer finde ich solche Spiele einfach nur grauenhaft. Ich sehe uns noch um das Lagerfeuer sitzen, während irgend so ein Typ aus Deutschland mit einem Trichter und einer Flasche Tequila die Runde machte. Jacky war schon durch – und nicht ein Tropfen war danebengegangen; Olivia auch, sie musste nur ein bisschen husten. Dann war ich dran. Als ich den Kopf in den Nacken legte und die Öffnung des Trichters knapp zehn Zentimeter über meinem Mund schweben sah, hatte ich schon so eine Ahnung, dass es schiefgehen würde. »Bereit?«, rief der Deutsche und hielt, ohne meine Antwort abzuwarten, die Flasche waagerecht. Wie ein Tsunami floss der Tequila aus dem Trichter. Er war überall: in meiner Nase, in meinen Augen, meine Ohrmuschel war die reinste Badewanne. Ich bin noch Tage später mit roten Augen und einem beißenden Geruch nach Alkohol in der Nase herumgelaufen.

»Sechs Sekunden!«, kreischt Jacky. »Die sechs Sekunden fangen gleich an! Hanna, zählst du?« Sie kneift in die Dose. Ein paar Tropfen klatschen mir auf die Stirn.

»Bist du bereit?« Hanna sieht mich an und streckt einen Finger in die Luft. »Eins ...«

Ich atme tief ein und kneife die Augen zusammen. Ein dünner Strahl Red Bull erreicht meine Lippen. Ich spitze den Mund, um das Gesöff ohne Sauerei aufzufangen. Die Kohlensäureblasen zerplatzen unter meiner Nase.

»... zwei, drei ...«

»Ja, von wegen. So kann ich das auch.« Olivia drückt mir so heftig die Nase zu, dass ich reflexartig nach Luft schnappe. Ein großer Schwall Red Bull ergießt sich über mein Gesicht.

Und noch einer. Ich will husten, aber das beißende, saure Zeug strömt mir unaufhaltsam weiter in den Mund.

»Mund weiter auf!«

»Jetzt mach halt den Mund weiter auf!«

»... vier ... fünf ...«

So fühlt es sich also an, wenn man ertrinkt, denke ich plötzlich. Ich versuche, den Kopf zu bewegen, aber Olivia gibt mir keinen Zentimeter Raum.

»... sechs!«

Der Red-Bull-Strom versiegt und im selben Moment lässt der Druck auf meine Oberarme und auf meinen Kopf nach. Hustend richte ich mich auf. Die Tränen laufen mir über die Wangen.

»Beim nächsten Mal musst du dich aber mehr anstrengen.« Jacky setzt die Dose an den Mund und genehmigt sich den letzten Schluck. Dann wirft sie mir eine Packung Taschentücher von ihrem Nachttisch zu. »Guck mal, was du für eine Sauerei gemacht hast. Du darfst heute Nacht auf dieser Seite schlafen.«

Ich huste noch ein paar Mal, um den Hals freizukriegen.

»Geht es?«, höre ich Olivia sagen.

Mit ruckartigen, schnellen Bewegungen wische ich mir die Wangen trocken. »Top.« Ich mache den Haarknoten auf, den ich wie ein Einhorn hoch auf der Stirn befestigt hatte. Stöhnend schnuppere ich an meinen Haaren, nehme eine Locke zwischen Daumen und Zeigefinger und drücke sie Jacky ins Gesicht. »Riech mal! So lassen die mich doch nachher niemals rein!«

Jacky zieht die Nase hoch und beugt sich über mich zur Spülschüssel. »Man riecht nichts. Echt nicht.«

Hanna lässt sich neben mich aufs Bett fallen und klickt mit dem Daumen den Film an, den sie gerade gemacht hat. »Ich habe ihn schon in unsere WhatsApp-Gruppe gestellt.« Sie versetzt mir einen Stoß in die Seite. »Nachher schicke ich ihn dir. Guck mal, wie süß du aussiehst.«

In dem Film sehe ich ein Mädchen mit fest zusammengekniffenen Augen daliegen. Es zappelt und wirft den Kopf hin und her wie ein Kleinkind, festgehalten von einem anderen dunkelhaarigen Mädchen. Ich sehe, wie das erste Mädchen wild schnaubt, als das zweite die Dose aufrechter hält. Statt eines dünnen Strahls strömt das Red Bull jetzt schwallartig aus der Dose. Es pladdert ihr auf den Mund, aber wie Ertrinken sieht es nicht wirklich aus. Als ob das überhaupt möglich wäre in sechs Sekunden. »Sechs!«, höre ich Hanna im Film rufen, dann endet die Aufnahme.

Sich selbst in einem Film zu sehen, ist eine Sache. Sich selbst in einem Film zu sehen und darin einen hoffnungslosen Fall abzugeben, ist eine andere Nummer.

Ich sehe Hanna an. »Bitte stell das nicht in die Gruppe.«

Das ist das Problem, wenn man selbst nur ein Handy hat, mit dem man höchstens ein paar altmodische Spiele spielen kann. Ich habe keine Ahnung, in welchen WhatsApp-Gruppen der Film schon gelandet ist. Ganz schön peinlich, wenn die ganze Schule sehen kann, dass man sich sechs Sekunden lang wie ein Baby benommen hat, inklusive Daumen im Mund und unverständlichem Gebrabbel, man selbst aber null Ahnung hat, wie lächerlich man tatsächlich aussah.

Jacky klickt bei Spotify eine Liste an und sofort singt Jay-Z genau an der Stelle weiter, an der er ein paar Sekunden zuvor unterbrochen wurde. Sie bewegt den Kopf im Takt. »Das bedeutet, dass du jetzt wieder dran bist, dir eine Aufgabe zu überlegen, Jasmin.« Im Rhythmus der Musik tanzt sie in meine Richtung und legt mir einen Finger unter das Kinn, so, als wäre sie einer der sexy Typen in diesen Clips. »Jedenfalls, wenn dir was einfällt. Wir können noch hundert ausprobieren, kein Thema.«

Das ist das Tolle an einer Sechs-Sekunden-Aufgabe: Dafür ist immer Zeit. Viel länger dauert es, sich was Gutes auszudenken. Eine coole Idee für sechs Sekunden!

Angefangen hat alles mit den Gerüchten über DIE PARTY. DIE PARTY ist so geheim, dass die Location erst wenige Stunden vor Beginn bekannt gegeben wird. Angeblich, so wird gemunkelt, testen DJs dort anonym die neueste Musik und Getränke und Drogen sind gratis. Doch DIE PARTY ist nicht nur geheim, sondern auch exklusiv: Nicht jeder bekommt eine Einladung. Höhepunkt der Party ist DIE ABRECHNUNG. Laut den Geschichten, die darüber kursieren, melden sich um Mitternacht zehn Freiwillige. Diese stellen sich in einem markierten Feld auf und werfen abwechselnd so lange Geld auf den Boden, bis einer von ihnen sich danach bückt. Manchmal sind es fünfzig Euro, manchmal tausend. Jeder darf jederzeit nach dem Geld greifen. Wer es tut, hat genau sechs Sekunden Zeit, so viel Geld wie möglich an sich zu raffen, während die anderen neun auf ihn eintreten. Schreien, heulen oder flehen macht von der ersten bis zur sechsten Sekunde keinen Sinn. Nach sechs Sekunden ist die Abrechnung vorbei. Das übrig gebliebene Geld wird unter den anderen neun Leuten verteilt und der DJ legt die nächste Nummer auf.

Die Sache mit den sechs Sekunden faszinierte uns. Das war definitiv cooler als das müde YOLO, das sich so gut wie jeder als Lebensmotto auf die Fahne geschrieben hatte. Also überlegten wir uns Mini-Aufgaben füreinander, die genau sechs Sekunden dauerten. Schnell entwickelte sich daraus die ungeschriebene Regel, dass es nicht geht, eine Aufgabe zu verweigern. Denn was sind schon sechs Sekunden eines ganzen Lebens? Wer nicht einmal sechs Sekunden lang den Mut hat, etwas zu tun, ist ein ziemlicher Loser. Also musste sich Jacky mit rotem Lippenstift SCHLAMPE auf die Stirn schreiben und so sechs Sekunden lang durch die Schule laufen. Ich musste mit verbundenen Augen barfuß eine Hundewiese überqueren. Dabei bin ich nicht mal in einen frischen Hundehaufen getreten. Dafür aber auf einen harten, getrockneten Köttel, der dort wahrscheinlich schon seit Tagen lag. Olivia schrie sechs Sekunden lang im stillen Klassenzimmer – während einer Klassenarbeit (Herr Poel dachte, sie sei verrückt geworden) und Hanna musste im Bus sechs Sekunden lang herumspringen wie ein Frosch. Bisher stand der Zähler für verweigerte Aufgaben auf null, auch wenn ich tagelang mit gefühlloser Zunge rumgelaufen bin, nachdem mir Olivia letzte Woche in der Mittagspause den Auftrag erteilt hatte, sechs Sekunden lang auf einer Jalapeño-Paprika herumzukauen.

»Und Ladys …« Jacky springt aufs Bett und hält sich ein Bündel Geldscheine vors Gesicht. Mit ihren tiefblauen Augen blickt sie uns nacheinander an und wedelt übertrieben mit dem Geld herum. »Euer Taschengeld für diese Woche.« Sie drückt mir ein paar Geldscheine in die Hand. Ich sehe sofort, dass auch ein Hunderter dabei ist. Am liebsten würde ich ihn gegen das Licht halten, um zu prüfen, ob er echt ist. So einen Hunderter habe ich noch nie in den Händen gehabt. Ich nehme ihn zwischen Daumen und Zeigefinger und reibe darüber, als ob sich dabei die Farbe ablösen könnte.

Hanna sieht mich fast genauso erstaunt an wie ich das Geld. Seit sie ab und zu als Model jobbt, hat sie mehr Kohle auf ihrem Girokonto als mein gesamtes Erspartes zusammen. Aber sie gibt damit nicht an, was ich richtig gut finde.

Im Kopf zähle ich das Geld. Selbst für eine Matheniete wie mich lässt sich leicht ausrechnen, wie viel drei Mal zweihundertfünfzig Euro sind.

»Kriegst du echt so viel Geld?« Zum Glück kommt das eher erstaunt heraus als neidisch. Irgendwann habe ich Jacky mal gefragt, wie reich ihr Stiefvater ist, und sie meinte darauf, dass er das selbst nicht wisse. »Irgendwas mit ein paar Nullen«, soll er mal gesagt haben.

Jacky zuckt die Achseln. »Ich hab wochenlang mein Kleidergeld und mein Taschengeld gespart. Und vom Geburtstag ist auch noch was übrig. Heißt ja nicht, dass wir alles ausgeben müssen, oder?«

Da ist es wieder, das nervöse Gefühl in meinem Bauch. Schon den ganzen Tag, eigentlich sogar schon die ganze Woche bin ich so hibbelig wie noch nie. Eigentlich ist dieses Gefühl nicht mehr weggegangen, seit Jacky letzten Dienstag völlig atemlos bei Olivia eintrudelte. Zu unserem Serien-Abend, der immer am Dienstag stattfindet. Wir gucken zusammen *Pretty Little Liars*, *Vampire Diaries* und solche Sachen. An diesem Abend aber haben wir den Fernseher nicht einmal angemacht. Mit zerzaustem Haar hatte Jacky in der Tür zu Olivias Zimmer gestanden. »Es hat geklappt!«

Sie ist endlich mit Nick zusammen, war mein erster Gedanke. Und in derselben Sekunde: Shit. Wetten, dass sie jetzt mit Nick zusammen ist?

»Was?«, riefen wir alle gleichzeitig.

»Wir ...« Jacky machte eine Pause, die uns vorkam wie Stunden. »... haben eine Einladung für die Party.«

In diesem Moment lief es mir eiskalt den Rücken hinunter. Auf die Gästeliste für DIE PARTY zu kommen, ist schwerer, als mit verbundenen Augen den Führerschein zu bestehen. Es gibt Gerüchte, dass sie im Vorfeld jeden gründlich abchecken, auch wenn niemand weiß, wer »sie« eigentlich sind und wie dieses »Abchecken« genau aussieht. Hatten sie mich in den letzten Wochen beobachtet? Wurde ich die ganze Zeit bespitzelt und belauscht, ohne es zu merken? Ich fühlte mich ertappt und war gleichzeitig stolz. Ich war kein Versager. Wir hatten den Test bestanden. Und jetzt hatten wir wie aus dem Nichts eine Einladung.

Olivia flog Jacky sofort um den Hals. »Ist das dein Ernst?«, kreischte sie. »Wie das denn?«

Jacky wollte nicht viel verraten. Oder konnte nichts verraten. Die Geheimhaltung der Party ist nur so stark wie das schwächste Glied und daher durfte Jacky nicht erzählen, von wem sie die Information hatte. Auch wir durften niemandem sagen, dass wir über Jacky von der Einladung erfahren hatten. Regel Nummer eins: Schweig wie ein Grab über die Party.

»Ihr wisst, was das bedeutet, oder?« Jacky sah mich erwartungsvoll an.

Ich wusste ganz genau, was das bedeutete. Dass wir zu DER PARTY durften, hieß, dass wir auch bei DER ABRECHNUNG mitmachen würden. Die ganze Zeit hatte ich »ja, klar« und »ist doch witzig« gesagt, wenn Jacky von der Abrechnung angefangen hatte. Für Jacky stand sie ganz oben auf ihrer *To do before you die*-Liste, noch vor Fallschirmspringen, Porschefahren und In-einem-Chanelkleid-Heiraten. Die Wahrscheinlichkeit, überhaupt jemals zu der Party eingeladen zu werden, war so gering, dass ich gefahrlos Versprechungen machen konnte. So wie ich heute geloben könnte, bei meiner ersten Mondlandung eine Flagge zu hissen.

Um Absprachen während der Abrechnung zu verhindern, müssen bei der Party alle gleich aussehen. Darum sind wir vier heute schwarz gekleidet. Party-Klamotten. Wir tragen schwarze Hoodys ohne Reißverschluss, Knöpfe, Taschen, Markenembleme oder andere Verzierung. Dazu eine schwarze Skinny Jeans mit verdecktem Reißverschluss. Ich habe sie mir von meiner Schwester ausgeliehen. Floor bringt mich um, wenn sie dahinterkommt, dass ich einfach an ihrem Kleiderschrank war, aber es ging nicht anders. Mein Konto ist schon seit Wochen im Minus und bei meiner Mutter brauche ich auch nicht anzukommen. Zum Glück waren zumindest die Schuhe für heute Abend kein Problem für mich: schwarze Chucks mit weißen Schnürsenkeln. Meine alten, ausgelatschten Chucks, mit Sohlen so dünn wie Papier. Wir dürfen kein Parfum benutzen und keinen Schmuck tragen. Die Fingernägel müssen unlackiert und kurz sein, und wenn wir uns entscheiden, bei der Abrechnung mitzumachen, müssen wir schwarze Handschuhe überziehen. Zusätzlich bekommen wir auf der Party alle dieselben Masken.

Jacky fläzt sich neben mich. »Und, schon bereit?« Sie boxt in die Luft. *»Float like a butterfly. Sting like a bee.«*

»Zitierst du jetzt Muhammad Ali oder was?« Olivia lacht schrill auf. »Ich dachte, du wärst eher Jackie-Chan-Fan.«

Jacky verdreht die Augen. »Sehr witzig. Wahrscheinlich soll ich auch noch die ganze Zeit rumschreien wie gestört, oder? Nee danke, dann bleib ich lieber anonym.« Sie dreht sich zu mir um. »Hast du schon eine Taktik?«

»Eine Taktik?« Ich versuche, arrogant rüberzukommen, als ob ich es absolut nicht nötig hätte, so etwas wie eine Taktik zu haben.

»Ja klar. Wie willst du denn während der sechs Sekunden treten oder zuschlagen? Mit der flachen Hand? Dann kannst du es auch gleich lassen.«

»Ach ja? Kann ich das?«

Sofort beiße ich mir auf die Zunge. Jacky und Olivia wechseln einen Blick. War ja klar, denken sie bestimmt.

»Du brauchst nicht mitzumachen.« Olivia drückt einen Wattebausch gegen die Öffnung eines Fläschchens mit Nagellackentferner und stellt es auf den Kopf. »Nein, ernsthaft, wenn dir das so gegen den Strich geht, dann lass es halt.«

»Ignorier sie einfach«, sagt Jacky zu mir. »Unser Olivchen kann nicht mal Wimperntusche aufdrehen, die hat gar nichts zu melden.« Sie legt den Arm um mich und zeigt mit dem Kinn auf Hanna. »Und Frau van Buren ist sowieso eine ganz langweilige Tante mit ihrem Modelkram.«

»Bitch«, sagt Hanna, aber sie lacht dabei. An ihr nörgeln Jacky und Olivia nie herum. Sie wird in Ruhe gelassen. Im Gegenteil, die beiden finden es sogar richtig und logisch, dass Hanna bei der Abrechnung nicht mitmachen will. Hanna hat nächste Woche Probe-Aufnahmen für ein wichtiges Shooting in Paris und kann sich keine blauen Flecken erlauben. Ich glaube, dass Hanna zum ersten Mal wirklich froh darüber ist, ihren »Modelkram« als Ausrede gebrauchen zu können.

»Ts. Nicht mal Wimperntusche aufdrehen«, äfft Olivia Jacky nach und schüttelt das Fläschchen mit dem Nagellackentferner heftig. »Wir werden ja sehen, wer die geschicktesten Tritte austeilt.«

»Ja, na klar«, sagt Jacky und verdreht die Augen. »Ich werde auf das beste Karate-Ass achten, das rumläuft.«

Sie dreht sich wieder zu mir um. Eigentlich braucht sie gar nichts zu sagen und ich nicht zu antworten. Ich kenne Jackys Argumente alle. Ich weiß, dass sechs Sekunden gar nichts sind, dass in sechs Sekunden nichts passieren kann und dass dies die einmalige Chance ist, sechs Sekunden lang etwas Verbotenes zu tun, ohne dass jemand davon erfährt. Ich weiß, dass ich – Jackys Worte – aufhören muss, »immer so lahm zu sein und endlich leeeeeben« soll.

»Sechs Sekunden!« Jacky streckt sechs Finger in die Luft und senkt die Stimme. »Du willst doch wissen, wie es ist, jemanden zu schlagen?«

Ich schaue Jacky an. Ich sehe Gier und tausend Kilometer, die uns trennen.

»Was sind denn schon sechs Sekunden?« Olivia wirft ihre Haare zurück. Sie hat Haare, die immer glänzen und immer gut aussehen, auch wenn es regnet und stürmt. Schon was die Haare betrifft, könnten wir nicht unterschiedlicher sein, vor allem jetzt, wo meine nach Red Bull stinken. »Sechs Sekunden sind wirklich gar nichts.«

In dem Moment kommt mir eine Idee. Ich habe bei Olivia noch etwas gut. Zeit für eine kleine Rache. Ich sehe sie mit einem Lächeln an, das nicht von Herzen kommt. »Genau, Olivia. Und deshalb darfst du jetzt sechs Sekunden lang mit Klamotten duschen.«

2

Mit tropfenden Haaren sitzt Olivia auf dem Fahrrad.

Keine fünf Minuten nachdem sie in Klamotten unter die Dusche gegangen war, bekam Jacky eine SMS von einer anonymen Nummer. Sie riss ihr Handy vom Schreibtisch und lief aus dem Zimmer. Hanna und ich warfen uns einen Blick zu.

Ich weiß, dass Hanna auch findet, dass Jacky die Party viel zu ernst nimmt, aber genau wie ich traut sie sich das nicht zu sagen. Lieber mit ungutem Gefühl auf die Party gehen, als gar nicht eingeladen zu werden.

Kurz darauf kam Jacky mit angespanntem Gesichtsausdruck ins Zimmer zurück. Wir müssten in den Wald am Westervenn, sagte sie. Jetzt. Sofort.

»Nicht dein Ernst!«, stöhnte Olivia.

Für einen Moment war ich erleichtert, dass ich nicht die Einzige war, die nicht gerade scharf darauf war, im Stockdunkeln in einen abgelegenen Wald zu radeln, aber Olivia ging es bloß um ihre Haare. In den sechs Sekunden waren sie so nass geworden, dass sie sie buchstäblich auswringen konnte. Jacky hatte sich gar nicht mehr eingekriegt vor Lachen, als Olivia sich die nassen Klamotten vom Körper gerissen hatte. Danach hatte sie auf die Pfütze am Boden gezeigt. »Wischst du das gleich noch auf? Unsere Putzfrau hat diese Woche frei, ich muss mich also selbst um mein Bad kümmern.«

Olivia hatte ihre Hand zum High Five gehoben. Ihre Laune war sofort umgeschlagen. *»Rich bitch problems!«*

Ich versuchte, den Stich zu ignorieren, der mich durchfuhr,

als Jacky und Olivia einschlugen. Hoffentlich langweilte sie ihr neuer Spruch bald wieder. Hanna und ich stehen immer ein bisschen verloren daneben, wenn sich die beiden zu ihren Reiche-Mädchen-Problemen beglückwünschen. *Ich weiß nicht, welche meiner sechs G-Star-Hosen ich anziehen soll! Von Champagner kriege ich immer Kopfweh! Mein Mac-Lippenstift passt nicht in mein Schminktäschchen!* Olivia macht das Ganze oft noch schlimmer, indem sie zwischen alt- und neureich unterscheidet. Sie selbst stammt aus einer Familie, die seit Generationen im Geld schwimmt, Jacky dagegen weiß erst seit der Hochzeit ihrer Mutter mit einem reichen Typen im letzten Sommer, wie es ist, mit Karte zu zahlen, ohne auf den Kontostand achten zu müssen. Über einen zu kleinen begehbaren Kleiderschrank zu jammern, sei ein typisches Problem der Neureichen, sagt Olivia. Die mit dem alten Geld müssen sich immer und überall tadellos zu benehmen wissen, und das sei viel schlimmer.

»Jas!«

Hanna packt mich ohne Vorwarnung mit beiden Armen fest an der Hüfte. Vor Schreck schreie ich auf.

»Soll ich das letzte Stück fahren?«

Erst jetzt merke ich, wie atemlos ich bin. Tatsächlich bin ich schon eine halbe Stunde geradelt. Die Wölkchen, die ich ausatme, verschwimmen sofort mit dem dicken Nebel, der über dem Radweg hängt. Meine Hände fühlen sich steif an, als ich die Bremsen drücke und langsamer werde.

»Fahrt ruhig weiter«, brüllt Hanna Jacky und Olivia zu, die vor uns fahren. »Wir holen euch gleich wieder ein.«

Ich steige vom Rad und bleibe einen Moment stehen, um mich zu orientieren. Außer meinen eigenen Atemzügen und den leisen Stimmen von Jacky und Olivia in der Ferne höre ich nichts. Der letzte Bauernhof liegt schon wieder gut einen

Kilometer hinter uns. Vor uns erstreckt sich nichts als Dunkelheit. Am Horizont kann ich durch den Nebel hindurch schon die Silhouette des Waldes am Westervenn ausmachen.

»Ganz schön kalt, oder?« Ich reiche Hanna mein Rad, halte die Hände aneinander und puste warme Luft hinein. »Und dunkel.«

»Stockdunkel«, sagt Hanna. »Ich will schon die ganze Zeit mein Handy rausholen und Licht machen, aber dann fällt mir immer wieder ein, dass ich es gar nicht dabeihabe.«

Ich nicke. Dieses Handyverbot ist die bescheuertste Regel von allen. Auch wenn ich ein Klapphandy aus der Urzeit habe, mit dem ich nur telefonieren und SMS verschicken kann, fühlt es sich an, als hätte man mir ein Körperteil amputiert. Klar, irgendwie verstehe ich schon, dass auf der Party Handys nicht erlaubt sind. Eine Party geheim zu halten, ist extrem schwierig, wenn alle darüber twittern oder Bilder auf Instagram posten, #secretparty. Aber wenn uns etwas passiert, können wir niemanden anrufen.

»Wollen wir weiter?« Hanna stellt sich auf die Pedale, um schnell Fahrt aufnehmen zu können.

Ich nehme einen kurzen Anlauf und springe auf den Gepäckträger. Als ich Hannas Taille umfasse, um Halt zu bekommen, fühle ich sofort ihre knochige Hüfte. Sie zuckt zusammen, aber ich tue so, als hätte ich nichts gemerkt.

»Freust du dich auf nächste Woche? Auf den Fototermin, meine ich.«

Ich spüre, dass Hanna mit den Schultern zuckt. »Weiß nicht«, sagt sie. »Sie scheinen ziemlich streng auszuwählen. Mal sehen.«

Ihre Reaktion ist vor allem Selbstschutz, das weiß ich. Am liebsten würde Hanna nämlich nach diesem Schuljahr sofort als Model nach Paris, Mailand oder New York gehen oder wo auch immer man sie haben will. Sie möchte den Traum leben, den wir alle heimlich haben: den, in dem wir dafür bezahlt werden, dass wir gut aussehen. Aber ein anderer Teil von ihr wünscht sich, sie sei nie entdeckt worden. Hanna hat ein so genanntes androgynes Gesicht. Die perfekte »Arbeitsmasse« für die Fashionwelt, einzigartig und beneidenswert. In der Schule dagegen rufen ihr irgendwelche Idioten »die sieht ja aus wie ein Typ« hinterher. Sie hat Segelohren, die oben spitz zusammenlaufen, hohe Wangenknochen und glatte Haare, die am Scheitel fusselig aussehen und an den Spitzen piksen. Ihr Pokerface ist ihr Markenzeichen. Wenn sie lachen muss, verwandelt sie sich in eine bizarre Elfe mit einem Mund, der für ihr Gesicht zu groß zu sein scheint. Aber sobald sie einfach nur so vor sich hin starrt – Lippen leicht geöffnet, mäßig genervte Miene –, ist sie atemberaubend schön. Auf Fotos zieht sie die Aufmerksamkeit auf sich, als hätte sie ständig einen Scheinwerfer dabei. Ich habe Hunderte von Malen miterlebt, wie es passiert. Wenn wir uns für ein Foto aufstylen – Haare kämmen, extra Lipgloss auflegen, schicke Posen üben –, gewinnt Jacky um Längen vor Hanna. Aber sobald das Foto gemacht ist, sind darauf drei nette Schulmädchen und ein Topmodel zu sehen. Und dafür braucht sie absolut gar nichts zu tun. Sie schaut einfach nur. Hanna wurde – so unglaublich das auch klingt – während einer Shoppingtour in Amsterdam entdeckt. Sie kam aus dem H&M und ein Mann von einer Modelagentur sprach sie an. Als Jacky in der Schule davon erfuhr und laut rief: »Wow, Hanna! Du wirst Model«, war es nur eine Frage der Zeit, bis jemand eine dämliche Bemerkung darüber machen würde. »Du?«, fragte Jeffrey da auch schon. »Hanna van Buren?«, fragte Mike. Selbst Eva, die noch nie in ihrem Leben gelästert hatte, sagte: »Also, wenn die Model wird, dann kann ich das auch.«

»Irgendwie typisch, dass wir ausgerechnet heute Abend in den Wald am Westervenn fahren«, sagt Hanna.

Ich schlucke meine tausend Fragen über Paris und das Glamour-Shooting herunter. Wenn Hanna nicht darüber reden will, werde ich sie sicher nicht drängen.

»Wieso? Weil es ein Wald ist?«

»Weil die Sache mit Ellis jetzt fast genau ein Jahr her ist.« Hanna keucht. Der Fahrraddynamo dreht sich schneller. »Stimmt doch, oder? Man hat sie ein paar Wochen vor Weihnachten genau in diesem Wald gefunden.«

»Keine Ahnung«, sage ich. »Müssen wir jetzt darüber reden?«

»Du hast doch nicht etwa Angst?« Hanna streckt einen Arm nach hinten aus und tastet nach meinem Bein. Dann senkt sie die Stimme und brummt leise: »Jasmi-hin.«

Ich lache nervös. »Hör auf. Niemand weiß genau, wie das mit Ellis wirklich gewesen ist.«

Ellis Bouwmeester ist das Trauma unseres Dorfes. Ellis war sechzehn, sehr hübsch und manisch depressiv. In ihren schlechten Phasen trug sie ausschließlich Schwarz und sprach mit niemandem in der Schule. In ihren guten Phasen ließ sie keine Party aus. Es kam irgendwann raus, dass sie schon eine ganze Weile zwischen diesen beiden Phasen gependelt war, aber so richtig klar wurde es erst, als sie sich kurz nach ihrem sechzehnten Geburtstag im Wald am Westervenn eine Überdosis Drogen verpasst hatte. Danach machten die wildesten Gerüchte die Runde: Ellis habe gar nicht Selbstmord begangen, sondern sei von Menschen aus dem kriminellen Milieu umgebracht worden, weil sie hohe Schulden hatte. Welche Art von Schulden, wusste keiner so genau. Wegen der Drogen, dachten die meisten. Auf jeden Fall sei es nicht gerade zart zugegangen. Und das war der wahre Grund, warum der Sarg am Tag der Beerdigung schon geschlossen war.

»Hast du Angst?« Ich höre Hannas unterdrücktes Lachen.

»Nein!«

»Könnte ich schon nachvollziehen. Du siehst ihr ein bisschen ähnlich.«

»Ja, sicher.«

»Nein, ehrlich! Ihr seid beide sechzehn und beide blond.«

»Beinahe Zwillinge, sozusagen.«

»Beide ziemlich hübsch.«

»Und ziemlich doof, weil wir nachts im Wald herumspazieren, ja«, murmele ich. Olivias und Jackys Stimmen kommen wieder näher. »Vielleicht spukt ihr Geist hier immer noch herum.«

»Geist?«, höre ich Jacky keuchen. »Hanna, können wir diese Art von Geschichten jetzt vielleicht lassen? Ich hab heute noch Albträume von der Geschichte über die flüsternden Kinder, die sich nachts ans Bett stellen.«

»Hab ich dir eigentlich je erzählt, was sie genau flüstern?«

»Lalala!« Jacky lässt den Lenker los und stopft sich die Finger in die Ohren. »Ich will es nicht hören!«

Hanna senkt die Stimme um ein paar Oktaven. »Wir wollen Jackyyyy ...«, flüstert sie in unheimlichem Tonfall. »Jackyyyy!«

»Hanna!« Jacky verpasst ihr einen leichten Schlag gegen den Oberarm. Ich kann gerade noch die Beine anziehen, um nicht mit den Füßen in Jackys Hinterrad zu landen. »Schluss jetzt mit diesen Storys.«

Auf einmal höre ich viel zu viele verschiedene Geräusche auf einmal: das Gekicher eines Mädchens, eine Dose, die auf den Boden fällt, eine Fahrradklingel, die nicht aufhört zu scheppern.

»Aus dem Weg! Aus dem Weg!«

»He, was soll ...«

Jacky reißt den Lenker so schnell herum, dass er Hannas berührt. Reflexartig ziehe ich die Beine hoch, kann aber nicht verhindern, dass mein Schienbein das Schutzblech des Hinterrads streift.

»Au!«

»Hanna, was machst du denn?« Auf einmal kommt auch Olivia viel zu nah.

Hanna drückt beide Bremsen gleichzeitig, sodass ich gegen ihren Rücken knalle. Ich sehe noch, wie ein Junge mit einem Mädchen auf dem Gepäckträger an uns vorbeirast. Sie kann sich kaum beruhigen vor Lachen.

»Isabel.« Jackys Atem geht stoßweise. »Wetten, dass das Isabel war? Wie bescheuert ist die denn? Sie hat mich echt zu Tode erschreckt.«

»Isabel Talenmann?«, fragt Olivia. »Bist du dir sicher?«

Das Bein tut mir weh, als ich vom Rad springe. Bitte mach, dass ich keinen Riss in der Hose habe. Wenn ich die einzige mit Riss in der Hose bin, weiß ich jetzt schon, dass ich nicht reingelassen werde.

»Kennst du außer ihr jemanden, der so hysterisch lacht?«, sagt Jacky. »Wer der Junge war, konnte ich allerdings nicht erkennen. Jasmin, alles klar?«

»Das war bestimmt ihr Freund. Dieser Jurre«, sagt Olivia. »Mit wem sollte sie denn sonst herkommen?«

Die Dunkelheit scheint uns zu verschlingen, jetzt, wo die Fahrradlampen aus sind. Vorsichtig taste ich meinen Unterschenkel ab. Nichts zu spüren. Erleichtert atme ich auf. Ich denke, da ist nichts ... obwohl ... »Shit.«

»Was ist?«, fragt Jacky.

»Ich glaube, meine Hose ist gerissen.«

Vorsichtig fahre ich mit den Fingern das Hosenbein entlang. Auf der Vorderseite, mitten auf dem Schienbein, fühle ich einen Riss. Mein Zeigefinger wandert hinein. Wie kalt sich mein Bein unter dem zerfetzten Stoff anfühlt.

»Nee, oder? Blutest du auch?«

Ich taste die Schramme ab. »Nein, ich denke nicht. Das ist nur ein Kratzer.«

»Ist er groß?« Jacky seufzt. »Man sieht hier echt so was von gar nichts.«

»Lass mich mal fühlen.« Hanna steigt vom Rad und beugt sich vor. »Ach, das ist nicht so schlimm. Ein paar Zentimeter.«

»Glaubst du, dass das auffällt?«, fragt Jacky. »Kann man dein Bein durch den Riss sehen?«

»Warte, ich habe ein Feuerzeug.« Olivia fasst sich in die Hosentasche und hält gleich darauf eine kleine Flamme vor meine Hose.

Der Riss ist nicht groß, aber meine weiße Haut schimmert deutlich hindurch.

»Und jetzt?«, sage ich. »Wenn sie schon bei Parfum so streng sind, komme ich mit einer kaputten Hose hundert Prozent nicht rein.«

Obwohl ich mir die ganze Woche über Ausreden überlegt habe, um nicht mit auf die Party zu müssen, bin ich jetzt einfach nur enttäuscht.

»Warte! Ich hab eine Idee!« Hanna stellt ihr Rad auf den Ständer und geht vor mir in die Knie. »Krempel die Hose mal hoch.«

»Das ist eine Skinny Jeans«, sage ich. »Die sitzt hauteng.«

Jacky lacht. »Dann lass die Hose runter.«

Mit kalten, steif gefrorenen Fingern schiebe ich das Hosenbein hoch, so weit es geht. »Reicht das?«

Ich höre, wie ein Stiftdeckel abgezogen wird.

»Hast du ein Glück, dass ich immer flüssigen Eyeliner dabeihabe«, sagt Hanna. »Und jetzt halt still.«

Während sie mit einer Hand mein Bein festhält, streicht sie mit der Bürste des Eyeliners über meine Haut. Es kitzelt so, dass ich Gänsehaut bekomme.

»Das nenne ich mal richtig hygienisch.« Olivia hält das Feuerzeug näher zu mir.

»Willst du, dass Jasmin nicht reindarf?« Jacky beugt sich weiter vor. »Ich bin nicht den ganzen Weg umsonst gefahren. Oben fehlt noch ein bisschen, Hanna.«

Mit dem Zeigefinger verwischt Hanna vorsichtig den schwarzen Kajal auf meinem Bein. Dann zieht sie das Hosenbein runter und legt den Kopf zurück. »Wenn man es nicht weiß, sieht man nichts«, sagt sie und klopft sich die Hände an den Knien aus.

»Wir werden sehen.« Olivia nimmt den Daumen vom Feuerzeug und sofort wird es um uns herum wieder pechschwarz.

»Das ist alles Isabels Schuld«, sagt Jacky. Sie klingt, als hätte sie eine Weile die Luft angehalten. »Wenn sie nicht so bescheuert gewesen wäre, wäre gar nichts passiert.«

Im Kopf versuche ich, Isabel zu entschuldigen. *Wahrscheinlich hat sie uns gar nicht gesehen. Ach, du weißt doch, wie sie ist. Alles halb so wild, kein Problem.* Aber ich sage nichts davon. Stattdessen klopfe ich auf den Sattel und frage: »Wollen wir weiter?«

Olivia und Jacky bremsen ab.

»Ich glaube, es müsste jetzt hier irgendwo sein. Es hieß doch am zweiten Reitweg?«

Ich sehe buchstäblich die Hand vor Augen nicht. Gerade eben, als ich noch bei Hanna auf dem Gepäckträger saß, habe ich mir ein paar Mal wirklich die Hand vor die Augen gehalten und kaum die Umrisse erkannt. Dass es stockdunkel ist, weißt du, wenn du deine Finger – weil sie warm sind – eher fühlst, als dass du sie siehst.

Die Zweige und Blätter knacken unter unseren Reifen, als wir tiefer in den Wald hineinfahren. Auf den ersten Metern kann ich durch das Mondlicht noch einzelne Bäume ausmachen, aber je weiter wir fahren, desto dichter stehen sie zusammen. Schon bald wird der Weg zu schmal für drei Fahrräder nebeneinander. Die Dunkelheit macht mich regelrecht klaustrophobisch. Den meisten Menschen passiert das in engen Räumen, mir auch in vollen Einkaufsstraßen oder in den Fluren in der Schule. Bei Klaustrophobie hat man immer das Gefühl, eingesperrt zu sein und nicht wegzukönnen, wenn man will. Kontrollverlust eben. Wenn ich jetzt zurückwollte, würde wahrscheinlich niemand mit mir mitkommen. Ich müsste die anderen überreden, sie anflehen, mit mir den ganzen Weg wieder zurückzufahren. Dann wäre alles umsonst gewesen.

Stopp, Jas, sage ich zu mir selbst. Es ist alles in Ordnung.

»Ich denke, wir sind da«, höre ich Jacky sagen.

Hanna bremst vorsichtig und steigt an einer freien Stelle ab. Als ich vom Gepäckträger springe, sehe ich eine Fackel, die einen Baum und mehrere Fahrräder beleuchtet. An dem Baum ist ein Herz angebracht.

»Schaut mal! Die Bäume sind markiert.«

»Du hast recht«, sagt Jacky. »Wollen wir die Räder an dem Baum mit dem Kreuz abstellen? Gut merken, okay?«

Ich ziehe mein Schloss durch die Speichen und stecke mir den Schlüssel in die Hosentasche. Die Nervosität hat sich inzwischen in meinem ganzen Bauch ausgebreitet. Ich merke, wie meine Beine zittern und dass meine Stimme nicht mehr fest ist.

»Warte mal.« Ich packe Hanna am Oberarm. »Hörst du das auch?«

Aus der Ferne ertönen tiefe, dröhnende Geräusche. Es klingt, als würden sie von einer extrem dicken Wand gedämpft werden, wie ein Herzschlag, der einem in den Ohren pulsiert.

»Hier lang!« Ich höre, wie sich Olivias Schritte entfernen.

Hanna hakt sich bei mir unter. Von ihrer großen Klappe ist nichts mehr übrig, sie wirkt genauso angespannt wie ich.

»Bitte, mach, dass hier keine merkwürdigen Leute abhängen«, murmelt sie. Sie scheint eher mit sich selbst zu reden als mit mir.

»Merkwürdige Leute?«

»Leute, die hier nichts verloren haben.«

»Was meinst du damit?« Olivia lässt sich zurückfallen. »Mörder? Vergewaltiger? Keine Angst, wir sind kilometerweit von der Zivilisation entfernt. Hier ist niemand, der nicht eingeladen ist.«

»Kann man nicht auch von der anderen Richtung in den Wald kommen?«, frage ich.

Jacky dreht sich zu uns um. »Du weißt doch, dass da militärisches Sperrgebiet ist? Übungsgelände für die Armee?«

Mir dreht sich der Magen um. »Was?«

»Absolut niemand würde da nachts herumlaufen. Man weiß nie, ob da vielleicht gerade Krieg gespielt wird.«

»Die schießen doch nicht mit echten Kugeln, oder?« Hanna kneift mir in den Arm. Auch wenn ihr Geistergeschichten nicht gruselig genug sein können, findet sie alles, was mit Krieg zu tun hat, absolut oberunheimlich.

»Logisch schießen die mit echten Kugeln«, antwortet Olivia genervt. »Dachtest du, die üben mit Farbpistolen? Das ist doch kein Paintball.«

»Entschuldige, dass wir noch nicht in der Armee gedient haben, Soldat Olive«, sage ich und ticke mir mit den Fingern gegen die Schläfe wie ein Soldat beim Salutieren. Ich weiß, dass sie es nicht sieht, es ist die Idee, die zählt.

Hanna kneift mir dankbar in die Seite.

Wir kommen der Musik immer näher und durch die Nebelbänke hindurch sehen wir Licht schimmern. Und dann sind wir da. Vor uns, mitten im Wald auf einer Lichtung, tanzen Dutzende von Menschen. Es läuft Musik – schwerer psychedelischer Trance-Rock, mit Synthesizer und Geigenklängen –, aber einen DJ sehe ich nicht. Um den Bereich abzugrenzen, steht in jeder Ecke ein Feuerkorb; die spenden aber nur wenig Licht. Lediglich die Umrisse tanzender Schimmerwesen auf der Lichtung sind zu erkennen. Sie tanzen wilder, als ich es je in der Disco gesehen habe, mit ausschweifenden Armbewegungen. Manche haben einen Leuchtstab in der Hand, der aber zu wenig Licht gibt, um Gesichter zu erkennen. Ab und zu leuchtet der rote Punkt einer Zigarette auf. Es wird gekreischt und gelacht und ich höre, wie manche Leute Indianergeheul anstimmen, in dem sie sich mit den Fingerspitzen gegen den geöffneten Mund schlagen.

»Was für eine Open-Air-Disco«, sagt Jacky, die vor mir steht.

Ein paar Meter vor der Lichtung warten zwei Gestalten neben zwei brennenden Fackeln ein paar Schritte voneinander entfernt. Sie tragen schwarze Chucks, schwarze Jeans und schwarze Kapuzenpullis. Eigentlich sehen sie genauso aus wie wir, nur, dass sie ihre Kapuze über den Kopf gezogen haben und eine Hasenmaske tragen: eine blasse, bizarre Hasenmaske. Irgendwas stört mich daran. So sehen Hasen in Horrorfilmen aus, wenn sie mutiert und verrückt im Kopf geworden sind und Menschen angreifen. Die Wangen sind viel zu rund und der Mund ist auf Knopfgröße zusammengeschrumpft.

Die Augen sind zwei runde Löcher, hinter denen nichts als schwarze Leere zu sein scheint.

Die Hasen stehen völlig reglos da. Sie haben die Arme hinter dem Rücken verschränkt und blicken schweigend nach vorn. Ich vermute, dass es Jungs sind, weil sie ziemlich groß sind und keinen Busen zu haben scheinen. Obwohl das natürlich nicht viel heißt. Hanna ist auch groß und flach und auch Olivia hat so gut wie keine Oberweite, wenn sie nicht ihren Lieblings-Push-up-BH trägt. Alles in mir schreit, dass ich hier wegwill, aber meine Füße bewegen sich wie von selbst auf die beiden zu. *Gatekeeper* werden sie genannt, weiß ich von Jacky, und ich finde, dass dieser Begriff irgendwie etwas Unheilvolles an sich hat.

Als sie uns bemerken, nehmen sie die Hände vom Rücken und klemmen sich ein Clipboard zwischen Ellenbogen und Körper. Das Feuer der Fackeln flackert sanft vor sich hin.

Jacky tritt als Erste vor. Vor dem Gatekeeper an der rechten Seite bleibt sie stehen.

»Jacky van Lieshout.« Ihre Stimme klingt so fest wie immer, vielleicht sogar noch ein bisschen fester. Es ist dieselbe Stimme, die sie benutzt, wenn sie in der Schule ein Referat halten muss. *Jetzt müsst ihr mir zuhören,* sagt die Stimme.

Sie stellt sich breitbeinig hin und spreizt die Arme. Mit geübten Griffen kontrolliert der Gatekeeper, ob sie ein Handy dabeihat. Er schüttelt vorsichtig ihre Kapuze aus, betastet ihren Hosensaum und überprüft ihre Socken. Dann markiert er auf seinem Zettel etwas mit einem Strich und zeigt ihr an, dass sie durchdarf.

Strich ist gut, denke ich. Ich muss dafür sorgen, dass mein Name auch durchgestrichen wird.

Olivia stupst mich an. »Jetzt du.«

Meine Zunge klebt am Gaumen fest und für eine winzige

Sekunde finde ich, dass mein Name das allerschwerste Wort ist, das ich je aussprechen musste. »J-J-Jasmin. Jasmin de Waal.«

Der Gatekeeper bewegt kaum merklich den Kopf und bleibt steif stehen wie eine menschliche Puppe. Als er mir zuwinkt, näher zu kommen, kann ich fast nicht mehr atmen. Er trägt schwarze Lederhandschuhe. Nicht einmal an seiner Hand kann ich ablesen, ob er nicht doch ein Mädchen ist. Ich schiebe mich vorsichtig einen Schritt nach vorn. Als die Gestalt hinter der Maske ihren Hasenkopf vorbeugt, springt mir ein verrückter Gedanke wie ein Pop-up in den Kopf. Wenn ich jetzt die Hand ausstrecke, kann ich ihm mit einem Ruck die Maske vom Gesicht ziehen. Goodbye Mystery. Goodbye Geheimnistuerei. Aber auch: Goodbye Jasmin.

Ich trete mit dem linken Bein einen Schritt zur Seite und hebe die Arme auf Schulterhöhe. Der Gatekeeper stellt sich so dicht vor mich, dass ich seinen oder ihren Geruch wahrnehme. Herb und verschwitzt.

Routiniert klopft mir der Gatekeeper mit der flachen Hand den Rücken ab, den Hintern und die Oberschenkel. Als er sich hinkniet, beiße ich mir von innen in die Wange. Für mein Gefühl beschäftigt er sich viel zu lange mit meinen Unterschenkeln. Keine Frage, er wird den Riss in der Hose bemerken. Und mir sagen, dass es aus ist. Vorbei. Dass ich mich auf den Rückweg nach Hause machen darf. Danke und auf Nimmerwiedersehen, Jasmin!

Ich spüre, wie er mir gegen die Wade klopft und mit den Daumen flüchtig die Kappen der Chucks eindrückt. Langsam richtet er sich wieder auf. Mit dem Stift fährt er die Namensliste ab. Irgendwo unten stoppt er. Wenn er jetzt ein Kreuz hinter meinen Namen macht, ist es vorbei. Dann müssen wir zurück – oder zumindest ich – und ich kann sicher sein, dass ich bis zum Ende meines Lebens keine Einladung mehr zur Party kriege. Ich komme auf die schwarze Liste und höre nur aus Erzählungen, wie unglaublich und unvergesslich und wärst-du-doch-dabei-gewesen die Partys waren. Ich verhandele mit mir selbst, was ich dafür tun würde, reingelassen zu werden. Sechs Sekunden in der vollen Cafeteria so tun, als wäre ich hysterisch. Olivia akzeptieren. Bitte, wenn ich reindarf, mache ich sogar ohne Protest bei der Abrechnung mit.

Er nickt kurz. Ist das ein positives oder ein negatives Nicken? Warum streicht er meinen Namen nicht einfach durch?

»Jetzt geh halt weiter.« Olivia stupst mich sanft in den Rücken.

Aus den Augenwinkeln sehe ich gerade noch, wie der Gatekeeper meinen Namen auf der Gästeliste durchstreicht. Ich bin so fassungslos, dass ich fast vergesse zu atmen.

Auch Hanna und Olivia dürfen nach einer kurzen Kontrolle passieren.

»Wir sind wirklich drin«, flüstert Hanna, als wir außer Hörweite der Gatekeeper sind. »Ich kann es nicht glauben, Jas. Wir sind wirklich drin.«

Jacky kneift mir in den Arm und kreischt. »Willkommen auf DER PARTY!«

3

Ich habe mir eingebildet, die Nervosität würde sofort verschwinden, sobald ich an den Gatekeepern vorbei bin. Aber in meinem Bauch brodelt es immer noch genauso wie vorher, als wir zu viert die tanzende Menge betrachten. Die Lichtung, die vor uns liegt, ist gigantisch groß. Obwohl meine Augen sich inzwischen an die Dunkelheit gewöhnt haben, kann ich keine Gesichter erkennen. Es ist, als wäre eine Staubwolke explodiert und hätte alles und jeden mit einer dunkelgrauen Schicht bedeckt. Einige Tänzer haben die gleiche Hasenmaske auf wie die Gatekeeper. Einer der Hasen hat seine Haare zu einem hohen blonden Zopf gebunden, andere tragen Kapuzen. Ich erkenne niemanden.

»Meine Damen.«

Plötzlich liegt eine schwere Hand auf meiner Schulter. Wie aus dem Nichts steht Nick zwischen Jacky und mir. Ohne die Hand von meiner Schulter zu nehmen, gibt er Jacky einen Kuss auf den Mund. »Ihr seid spät dran.«

»Was machst du denn hier?« Jackys Stimme klingt auf einmal doppelt so hoch wie sonst. Sie starrt Nick an, als könnte er sich jeden Moment wieder in Luft auflösen. »Das hättest du mir aber ruhig sagen können! Heute Nachmittag hast du noch behauptet, dass du zu einem Geburtstag eingeladen bist.«

Nick verzieht die Mundwinkel zu einem Grinsen. *»Regel Nummer eins: Schweige wie ein Grab,* oder?«

Schweige wie ein Grab, oder?, äffe ich ihn in Gedanken mit

quäkiger Stimme nach. Ganz egal, was Nick sagt, alles, was aus seinem Mund kommt, finde ich bescheuert.

Ich rolle meine Schulter nach hinten, um mich von seinem Griff zu befreien.

»Oh sorry, Nimsaj.« Nick wirft mir einen spöttischen Blick zu.

Genau das meine ich. Namen rückwärts zu sagen, kann ja ganz witzig sein, aber nicht auf diese überhebliche, selbstgefällige Art, mit der er es immer tut. Ich weiß, dass ich ihn nett finden sollte, weil Jacky ihn anbetet und der Freundinnencode das nun einmal verlangt, aber seine dämlichen Kommentare gleichen die wenigen Momente, in denen er ganz okay rüberkommt, leider nicht aus. Nick Ploeger muss immer witzig sein, und zwar am liebsten auf Kosten anderer. Und am allerliebsten auf meine.

Vor ein paar Tagen hätte ich ihn echt erwürgen können. Ich hatte gerade meinen neuen roten Lippenstift ausprobiert, als ich Nick und Jacky in der Schule an den Fahrradständern traf. Er hat mich angestarrt, als ob ich meine Lippen mit Schweineblut bemalt hätte, und den Kopf geschüttelt. »Verwechselst du morgens dein Gesicht mit einem Malbuch oder so?«

In diesem Moment hallte nur noch *oder so oder so oder so* in meinem Kopf nach. Erst als Jacky »He, was soll denn das?« sagte und Nick: »War doch ein guter Scherz, oder? Sie wird ja wohl einen Scherz abkönnen«, hatte ich mich wieder im Griff. Mein »Tsss« hat ihn nicht sehr beeindruckt.

»Möchte jemand was trinken?« Olivia hält ihr Feuerzeug ein Stück von sich weg unter ihr Kinn.

»Gute Idee. Was wollt ihr?«, fragt Nick. »Ich hol euch was. Wein? Bier? Wodka?«

»Für mich Wasser«, sage ich.

»Ach komm«, höre ich Jacky sagen. »Ein Glas, um zu feiern, dass du reingekommen bist. Jetzt sei nicht so langweilig. Nick, soll ich mitkommen?«

»Ich komme auch mit«, sagt Olivia und verschwindet mit Jacky und Nick in der Dunkelheit.

Es hat etwas Unwirkliches, dass jeder hier dieselben Klamotten anhat. Es ist, als würden wir alle zusammen in einem großen Werbespot mitspielen. Irgendwie schafft es Gemeinschaft. Ich gehöre zu diesen Leuten. Ohne dass ich einen von ihnen kenne, bin ich eine von ihnen. Ohne dass wir je ein Wort gewechselt hätten, weiß ich, dass sie mich nicht verraten werden und ich sie auch nicht.

»Hast du schon irgendwelche Bekannten gesichtet? Von der Schule sehe ich niemanden.« Hanna rückt näher an mich heran. »Glaubst du, Seth ist auch hier?«

Sie hat den Namen kaum ausgesprochen, als sich meine Atmung schon beschleunigt. Kein Wunder, schließlich fängt auch mein Herz immer sofort an, wie wild zu rasen an, wenn jemand seinen Namen sagt. Obwohl ich das gar nicht will. Dass ich mich in Seth Buitenkamp verliebt habe, war überhaupt nicht geplant. Ich weiß, dass aus uns niemals etwas wird, und trotzdem steckt die Verliebtheit in mir fest wie eine hartnäckige Erkältung, die ich trotz aller Bemühungen nicht loswerde. Sie macht mich total fertig, ich bin dadurch abgelenkt, unkonzentiert und empfindlich. Seth hat überhaupt kein Interesse an mir, wir sind viel zu unterschiedlich. Mehr als einmal habe ich die »Nur-gute-Freunde«-Botschaft von ihm erhalten. Als ich ihm vor ein paar Monaten in einem Anfall von Selbstüberschätzung gestanden habe, dass ich ihn mag, hat er mich so angelächelt, wie man Verrückte oder Obdachlose anlächelt: mit einem Hauch von Mitleid. »Ich mag dich auch«, war seine Antwort, doch es klang wie das Gegenteil.

»Keine Ahnung, ob Seth kommt«, sage ich zu Hanna. »Und Ferdinand?«

Selbst im Dunkeln merke ich, wie Hanna rot wird. Sie murmelt etwas Unverständliches vor sich hin.

Ich lache leise. Manchmal kommt es mir vor, als müsste ich Hanna ständig daran erinnern, dass ich auf ihrer Seite bin. »Ich sage Olivia nichts. Wirklich.«

Und das meine ich auch so. Es geht Olivia nichts an, dass Hanna in ihren älteren Bruder verliebt ist. Schließlich würde Hanna sowieso nie den ersten Schritt wagen. Was das betrifft, sitzen Hanna und ich im selben Boot: in dem Boot, das »Feigling« heißt und niemals in Richtung Beziehung in See stechen wird. Ehrlich gesagt, verstehe ich nicht, was Hanna an Ferdinand findet. Natürlich sieht er genauso gut aus wie Olivia – sie haben beide ein klassisch schönes Gesicht, das nie unmodern wird, könnte man sagen –, aber er hat auch dieselben nervigen Eigenschaften. Ich habe immer den Eindruck, dass die beiden sich uns anderen meilenweit überlegen fühlen. Ich schätze, ihre gedankliche Rangliste sieht wie folgt aus: König Willem-Alexander und Königin Maxima, Olivias Familie, Stars, Reiche, dann eine ganze Weile gar nichts und dann das normale Fußvolk. In ihrer Weltsicht baumele ich irgendwo ganz unten.

Seth hat mich einmal gefragt, warum um alles in der Welt ich mit jemandem befreundet sei, der sich selbst so großartig findet. Aber das versteht er eben falsch. Dass ich mit Olivia abhänge, heißt nicht, dass wir befreundet sind. Ja, sicher, wir sind »Freundinnen«, aber nur in Anführungszeichen und gegen besseres Wissen. Wir gehören zur selben Clique, aber nur, weil Jacky und Hanna auch dazugehören. Wenn es nach mir ginge, wäre sie schon längst raus. Aber es geht nicht nach mir. Jacky hat sie angeschleppt, nicht ich. Und wenn man als beste Freundin eingetauscht wird, kann man sich nicht wirklich wehren. Was hätte ich denn tun sollen? Hätte ich etwas sagen müssen? Habe ich sogar. Ich habe Jacky gestanden, dass ich es nicht so schön finde, dass sie sich neuerdings so viel mit Olivia trifft. Ich war lieb, ich war blöd, ich hab so getan, als mache es mir nichts aus, hab dumme Witze über sie gemacht, ihren Tonfall nachgeahmt und sie so hartnäckig Olive genannt, dass sogar Jacky es übernommen hat. Ich habe Jacky gesagt, dass ich Angst habe, sie zu verlieren, dass ich sie bereits verliere. Und damals im Dunkeln, bei ihr Zuhause im Doppelbett, verstand Jacky genau, was ich meinte, und versprach mir, dass ich sie nie verlieren würde. Trotzdem hielt sie bei Diskussionen immer öfter zu Olivia. Ahmte Olivias Art zu reden nach und kreischte wie sie, dass das doch sicher nicht mein »Eeeernst sei, Jasmin«. Immer öfter nannte sie mich Jasmin, nicht mehr Jas. Sie schrieb sich ständig mit Olivia über WhatsApp statt mir SMS zu schicken. Sie kaufte sich den gleichen knallroten Lippenstift wie Olivia, ließ sich den Pony wachsen, erstand sündhaft teure Turnschuhe, fing an zu rauchen, ging unter der Woche in die Spätvorstellung ins Kino, verabredete sich zusammen mit Olivia mit irgendwelchen Jungs, die ich gar nicht kannte. Was sollte ich also tun? In einer Mädchenfreundschaft macht man nicht einfach Schluss, wenn jemand anderes den eigenen Platz einnimmt. Es gibt kein Limit an Freundinnen, die man haben darf, es gibt kein Verbot, neue Freundschaften zu schließen, und auch eine Clique ist nie endgültig voll. Also holte ich im neuen Schuljahr Hanna dazu. Die etwas ungewöhnliche, liebe Hanna. Manchmal vergesse ich ganz, dass sie schon seit Jahren mit uns zusammen zur Schule geht. Sie ist mir einfach nie aufgefallen. Hanna lässt sich am ehesten mit einem Chamäleon vergleichen: mit einem Tier, das die Farbe seiner Umgebung annehmen kann. Sie ist meine Olivia. Und so ist jetzt der Stand: Team Jacky und Team Jasmin.

»Drinks!«

Auf einmal stehen Jacky, Olivia und Nick wieder bei uns und drücken mir etwas Kaltes in die Hand.

»Was ist das?«, frage ich.

»Keine Ahnung. Irgendein Drink«, sagt Jacky.

»Sie hatten kein Wasser«, sagt Olivia. »Ich hab extra noch nach Limo gesucht, aber keine gefunden.«

Ich ignoriere sie. »Danke, Jack.«

Ich drehe den Mini-Plastikbecher in meiner Hand. Auf einem Etikett steht in schwarzen Druckbuchstaben: *Trink mich.*

»Das Zeug ist echt voll krass«, sagt Nick.

Ich ziehe den Plastikdeckel ab und halte mir das Getränk dichter unter die Nase. Es riecht nach Kirschkuchen, Ananas und Karamell.

»Auf uns.« Hanna hebt ihren Becher.

Olivia und Nick heben sofort ebenfalls ihre Drinks und stoßen mit ihr an. Ich zögere einen Moment, beschließe dann aber mitzumachen. Wenn Loyalität der Leim unser Freundschaft ist, dann ist dieser Drink mein Sechs-Sekunden-Leim. Kurz die Augen zu und wir sind wieder dicke wie eh und je: die sechs Sekunden »Nicht nörgeln und Spaß haben« beginnen.

»Auf uns!«

Ich setze den Becher an die Lippen und kippe den Alkohol mit einem Schluck hinunter. Er bohrt sich mir wie ein Feuerpfeil in den Kopf und explodiert irgendwie in meinem Gehirn, genau dort, wo sich alle »aber« und »kann ich nicht« und »habe ich Angst vor« verstecken.

Das Zeug ist voll krass.

Das ist sogar absolut voll krass.

»Hast du noch einen?«, höre ich mich fragen.

Jacky lacht und umarmt mich »So kenne ich meine Süße!«

Mein Gesicht glüht und ich kann nicht sagen, ob durch den Alkohol oder durch Jackys Bemerkung.

»Nimm einfach.« Nick geht ein Stück in die Hocke. Jetzt erst sehe ich, dass seine ganze Kapuze mit Drinks gefüllt ist. »Wir haben genug.« Der spöttische Unterton, der sonst jedes seiner Worte umgibt, ist weg.

Ich nehme zwei Becher und stecke einen davon in meine eigene Kapuze. Für später. Ohne auf die anderen zu warten, ziehe ich den Plastikdeckel ab und lass den Drink die Kehle hinuntergleiten.

»Jas is on firrrrre!« Jackys rollendes R geht automatisch in Lachen über. »Come on, Chick. Lass uns tanzen.«

Sie verschränkt ihre Hand mit meiner und wir verdrehen sie wild in der Luft.

»Uh! Uh! Uh!«

Sie klingt wie ein Affe, ein irrer Affe, der meine beste Freundin ist. Das würde ich ihr gern sagen, aber als ich es versuche, muss ich so lachen, dass ich es sein lasse.

Die Musik bekommt etwas Hypnotisierendes. Ich kenne die Nummer nicht – eigentlich kenne ich so gut wie gar keine Trance Musik –, aber es fühlt sich an, als würde ich sie trotzdem kennen, als würde ich sie schon seit tausend Jahren kennen. Die Musik schwillt immer mehr an und baut sich weiter auf. Ich sehe, wie die Leute neben einem Feuerkorb beim Tanzen die Arme weit schwingen. So ausgelassen habe ich schon immer mal tanzen wollen, mich aber nie getraut. Ich bleibe sonst immer am Rand der Tanzfläche und mache Mini-Schrittchen. Verrückt tanze ich nur dann, wenn es alle tun und wenn klar ist, dass es ein Witz sein soll und dass wir nicht von uns denken, es sähe sexy aus. Jetzt aber kann ich nicht länger still stehen und fühle nur noch eins: Ich muss tanzen. Ich muss mir die Lunge, die Nieren, die Gedärme aus dem Leib tanzen. Ich breite die Arme aus, so weit es geht, und schlage damit, als wäre ich ein Vogel. Ich weiß, dass das bescheuert aussieht, aber zum ersten Mal in meinem Leben interessiert es mich nicht. »Uh! Uh! Uh!«, mache ich. Ich weiß nicht, wann ich Jackys Hand losgelassen habe, aber plötzlich stehe ich zwischen Leuten, die ich nicht kenne, und sie sind meine neuen besten Freunde und ich finde alles super.

Auf einmal verstummt die Musik.

»He!«, ruft jemand hinter mir. »Jetzt schon?«

Um mich herum erklingen überraschte Freudenschreie, niemand fordert, dass wieder Musik gespielt werden soll. Alle treten an die Seite und bilden eine Gasse.

Vier Gestalten mit Hasenmasken schlendern betont langsam in die Mitte.

Schritt.

Stille.

Schritt.

Stille.

Schritt.

Stille.

Die vier tragen zusammen mit je einer Hand eine Holzkiste, in der anderen halten sie eine Fackel.

Mit einem Schlag ist mein Mund wie ausgetrocknet. Jetzt kommt es. Das ist der Clou an der ganzen Party und genau dafür sind wir hergekommen.

Die Hasen stecken mit den Fackeln ein Quadrat von höchstens drei oder vier Metern Seitenlänge ab. Automatisch treten alle, die zufällig dort standen, aus dem Feld heraus. Ich weiß, was jetzt kommt. Soweit ich gehört habe, müssen wir alle – ohne Ausnahme – eine Maske aus der Kiste nehmen und aufsetzen. Danach darf niemand mehr reden, es darf nur noch getanzt werden.

Ich sehe mich nach Jacky, Hanna oder irgendwelchen anderen Bekannten um, aber ich entdecke niemanden.

In der Kiste liegen so viele Hasenmasken, dass es aussieht, als hätte eine Massenenthauptung stattgefunden. Alle stellen sich an, um sich eine Maske zu holen. Irgendjemand, der in der Schlange vor mir steht, drückt mir eine in die Hand. Ich murmele ein leises Dankeschön.

Noch einmal schaue ich mich um, ob ich wirklich niemanden sehe, den ich kenne. Wie gern würde ich Jacky finden. Aber die meisten Leute in meiner Nähe stehen still da und tragen bereits ihre Maske. Dies ist nicht der passende Moment, seine BFF zu suchen, höre ich Olivia in Gedanken seufzen.

Ich klemme mir die Maske zwischen die Knie und drehe meine Haare zu einem Knoten zusammen. Dann atme ich ein zweites Mal tief ein und setze sie auf.

Die Maske fühlt sich kalt und hart und unbequem an. Meine Wimpern berühren den harten Rand der Augenschlitze und ich höre mich selbst viel zu deutlich atmen. Es ist, als wäre ich in einer sehr kleinen Schachtel eingesperrt, abgeschlossen von der Außenwelt. Als ich langsam die Hände nach hinten bewege und nach meiner Kapuze taste, spüre ich mich unangenehm intensiv. Es fühlt sich an, als würde ich in einem Videoclip mitspielen. Ich setze mir die Kapuze auf. Los geht's, Welt, sage ich zu mir selbst. Noch nie war ich so bereit für dich wie jetzt.

Ein tiefes Dröhnen durchzieht den Wald. Es ist so tief, dass ich es bis in alle Fasern meines Körpers spüre. Es kriecht durch mich hindurch und übernimmt meinen Herzschlag.

Die Lichter in der DJ-Box gehen an und dünne grelle grüne Strahlen gleiten über die Menge. Ich bin umgeben von Hasen mit Menschenarmen, Menschenbeinen und Kussmund, die leblos vor sich hin starren. Hasen, die sich fantastisch wild und geschmeidig bewegen. Ihre harten Plastikohren wippen kaum mit, wenn sie im Takt der Musik den Oberkörper kreisen lassen. Dies ist das Unwirklichste, was ich je gesehen habe. Es macht hinten und vorne keinen Sinn und doch habe ich mich noch nie so sehr als Teil eines Ganzen gefühlt. Ich strecke die Arme in die Luft und lasse den Kopf hängen. Dann lasse ich die Handgelenke kreisen, erst im Uhrzeigersinn, dann anders herum, und wiege mich dabei sanft hin und her. Ich weiß, dass das total bescheuert ist, aber noch nie hat sich etwas normaler angefühlt. Ich kann tun, was ich will, ohne dass irgendwer auch nur ahnt, wer ich bin. Ich kann mich mitten auf die Lichtung stellen und so sexy tanzen, wie ich es mir schon immer gewünscht habe. Ich kann jemanden berühren und gleich wieder in der Menge verschwinden, ohne dass er mich wiederfindet. Ich kann mich berühren lassen oder mit jemandem tanzen, ohne dass Seth oder sonst irgendwer es je erfahren würde. Bei der Vorstellung muss ich kichern. Mein Kichern hallt in der Maske wider. Ich tanze durch die Menge und stupse immer wieder einzelne Tänzer sanft in die Seite oder in den Rücken. Die Musik schwillt an, wird immer lauter und schneller, unerträglich schnell, bis sie auf dem Höhepunkt plötzlich für eine volle Sekunde schweigt und ich, wir, erlöst werden und das kriegen, wofür wir heute Abend hergekommen sind: Musik, die unter die Haut geht und sich in unseren Köpfen einnistet. Ich kann einfach nur noch hüpfen. Ich habe Lust, laut zu lachen, zu kreischen, mir die Haare vom Kopf zu reißen und zu stampfen vor Glück. Endlich bin ich von mir selbst befreit. Ich tanze und tanze, bis der letzte Ton verklingt. Dann lege ich mir keuchend die Hände auf die Knie. Noch nie habe ich mich so lebendig gefühlt.

Vier Hasen – sind es die, die gerade die Kiste getragen haben? – schaffen Platz, indem sie mit Gesten anzeigen, dass alle an die Seite rücken sollen. Der Platz zwischen den Fackeln ist wieder frei. Die vier stellen sich mit dem Rücken vor die Fackeln, breitbeinig, die Hände vor dem Schritt verschränkt. Ich nehme unbewusst dieselbe Haltung ein. Alle um mich herum sind stehen geblieben. Ich habe mal gehört, dass man diese Art von Stille, eine Stille, in der alles stimmt und die sich nicht unbehaglich anfühlt, »heitere Ruhe« nennt. Und genauso fühlt sie sich an. Heiter. Schön. Ehrfurchtsvoll. Ich bin nervös, aber gleichzeitig fühle ich mich stark.

Die Zeit für Fragen ist vorbei. Jetzt gibt es Antworten. Die Zeit zum Nachzudenken ist vorbei. Jetzt wird gehandelt.

Eine Weile passiert gar nichts, bis eine Gestalt auf die Fackeln zuläuft. Ich weiß, dass dort kein Zaun ist, aber trotzdem fühlt es sich so an. Wer erst einmal in dem Quadrat steht, kann nicht mehr raus, bis die Abrechnung vorbei ist.

Ohne einen Moment zu zögern, überschreitet die Gestalt die unsichtbare Grenze. Der Erste ist drin.

Es würde echt zu Olivia passen, die Erste zu sein. Zu Olivia und zu Jacky.

Aus den Augenwinkeln sehe ich, dass sich zwei weitere Gestalten nähern. Sie laufen mit großen, entschlossenen Schritten auf ihr Ziel zu. Wie in Trance fällt mein Blick auf das Viereck, das sich langsam füllt. Jemand, der vorbeiwill, versetzt mir von hinten einen Schubs. Dies ist wortwörtlich der Tritt in den Hintern, den ich gebraucht habe. Ohne weiter nachzudenken, setze ich mich auch in Bewegung. Mit jedem Schritt lasse ich mich selbst und die anderen weiter hinter mir. *Die, die sich nicht trauen. Die, die Angst haben. Die, die immer eine Ausrede haben und zu feige sind zu leben.*

Ich habe erwartet, dass der DJ die Musik wieder anstellen

würde und vielleicht so eine Art Triumphzugs-Trompetengeschalle erklingen würde, wie im Kino, aber es bleibt totenstill, als ich als Letzte das Viereck betrete.

Ich bin drin. Einen Weg zurück gibt es nicht mehr.

Wir bekommen schwarze Lederhandschuhe ausgeteilt. Sie sind mir viel zu groß. Während ich die Finger ein paar Mal strecke und beuge, zähle ich, wie viele Leute in dem Viereck sind: neun. Mit mir zehn. Die brennenden Fackeln helfen mir, schemenhafte Konturen zu erkennen, aber durch die schwarze Kleidung bringt mir das wenig. Ich könnte hier genauso gut neben neun Jungs wie neben neun Mädchen stehen. Einer von den anderen, die Gestalt links neben mir, ist auf jeden Fall sehr klein. Die Ohren ihrer Hasenmaske gehen mir knapp über die Schulter, was heißt, dass sie gut einen Kopf kleiner ist als ich.

Ein sanftes gelbes Licht erhellt den Boden. Ich folge dem Lichtstrahl und sehe, dass jemand dort eine Taschenlampe abgelegt hat. Genau die Mitte unseres Kreises ist jetzt beleuchtet.

Um mich herum höre ich das Geraschel von Geldscheinen. Ich fasse mir in die Hosentasche und ziehe auch meinen Stapel Scheine heraus. Es sind genau sieben. Ein Hunderter, zwei Fünfziger, ein Zwanziger und drei Zehner. Mit der anderen Hand greife ich nach meinem Münzgeld. Bevor wir vorhin so hastig aufgebrochen sind, durften wir alle drei einmal in das riesige Glas greifen, in dem Jackys Mutter und ihr Stiefvater Kleingeld sammeln. Das Glas war fast bis zum Rand mit Münzen gefüllt. Ich hatte mir vorher vorgestellt, mit dem Unterarm in dem ganzen Geld abzutauchen, aber die Münzen gaben kaum nach.

Mit den Fingern versuche ich herauszufinden, welches das Zehn-Cent-Stück ist. Ich weiß, dass ich das als Erstes brauche.

Die Abrechnung beginnt damit, dass jeder Münzen auf den Boden wirft, weil die sich nicht so leicht aufklauben lassen. Später geht es dann mit Scheinen weiter, aber angeblich liegt dann immer schon ein ganzer Batzen Kleingeld im Kreis. Regeln gibt es aber nur eine: Wirf denselben oder einen höheren Betrag als dein Vorgänger. Oder noch einfacher: Sorg dafür, dass möglichst viel Geld zusammenkommt.

Ich musste Jacky diese Woche bestimmt zehn Mal versprechen, mich nicht nach dem Geld zu bücken. »Aber wirklich nicht, okay?«, hat sie heute Abend noch zu mir gesagt, bevor Olivia und Hanna kamen. »Auch nicht, wenn tausend Euro daliegen. Ich will hinterher nicht feststellen müssen, dass ich dir mit meinen Tritten eine geprellte Rippe verpasst habe.«

Tausend Euro.

Tausend Euro ...

Das ist einfach irre.

Das ist einfach total irre.

Leise klackernd landet eine Münze am Boden. Ein Cent.

Die werden in manchen Geschäften schon gar nicht mehr angenommen, schießt es mir durch den Kopf.

Ich spüre, dass ich angestarrt werde, dass mir Blicke den Rücken durchbohren. Aber statt den Kopf zu senken, strecke ich mich.

Ich kann jetzt nicht mehr zurück.

4

Nachdem die erste Münze gefallen ist, läuft das Spiel wie von selbst. Vier Runden sind schon rum. Ich habe einmal zehn Cent geworfen, einmal einen Euro und zweimal zwei Euro. Im Kopf zähle ich alle Beträge zusammen. Wenn ich mich nicht irre, liegen jetzt gut fünfzig Euro in Münzen am Boden. Es glitzert von Kupfer und Nickel. Absolut unmöglich, alles an sich zu raffen, ohne so richtig einen verpasst zu kriegen.

In der fünften Runde werfe ich wieder ein Zwei-Euro-Stück in die Mitte. Es macht ein hohes, klirrendes Geräusch, als es auf die anderen Münzen fällt. Mein letztes Zwei-Euro-Stück. Auch wenn die anderen noch Hunderte von Münzen haben, muss ich jetzt mit den Scheinen anfangen.

Neben mir wird die nächste Münze geworfen. Dann noch eine. Jetzt kann es nicht mehr lange dauern.

Und tatsächlich: Jemand raschelt mit Papier. Ich nehme schemenhaft wahr, dass die Gestalt mir gegenüber in die Knie geht. Eine Hand legt dreißig Euro in die Mitte. Ich versuche, jedes Detail der behandschuhten Hand zu registrieren: Ist sie groß? Klein? Sind die Handschuhe ausgebeult? Sitzt das Bündchen am Handgelenk zu eng? – Aber die Hand zieht sich viel zu schnell wieder zurück.

Dreißig Euro sind viel zu viel für den Anfang. Denn das bedeutet, dass ich jetzt gleich meine drei Zehner los bin, weil ich denselben Betrag werfen muss.

Wieder bückt sich eine der schwarzen Gestalten. Dieses Mal sehe ich mit einem Blick, dass es eine Jungenhand ist, eine große knochige Jungenhand, die den Lederhandschuh komplett ausfüllt. Der Junge legt einen Fünfziger ab. Und als wäre es eine ausgemachte Sache, wirft eine behandschuhte Hand anschließend einen Hunderter in die Mitte.

Mit dem Geld, das jetzt da liegt, könnte ich schon richtig viel anfangen. Wer behauptet, dass Geld nicht glücklich macht, weiß nicht, wie es ist, Klamotten aus dem Billigladen noch zu teuer zu finden. Seit meine Eltern geschieden sind und meine Mutter allein für alles bezahlen muss, ist »schön« beim Kleiderkauf kein Kriterium mehr. Meine Sachen müssen warm, praktisch und leicht zu reinigen sein und dürfen vor allem nicht zu modern sein. Schließlich muss ich nächstes Jahr auch noch darin rumlaufen. Wenn ich sage, dass ich nichts zum Anziehen habe, dann ist das wörtlich gemeint. Manchmal hängt es mir zum Hals raus, mich für meine Freundinnen zu freuen, wenn sie sich wieder mal etwas Neues gekauft haben. Ich will wirklich nicht jammern. Wimperntusche für zwei Euro ist mir genauso recht wie Wimperntusche für fünfundzwanzig Euro. Aber wenn meine Wimperntusche leer ist und ich für den Rest der Woche schlicht und ergreifend keine zwei Euro mehr habe, dann kommt in mir schon das Selbstmitleid hoch. Ab und zu leihe ich mir von Jacky etwas zum Anziehen, aber meist ist mein Stolz doch größer als mein Wunsch nach coolen Klamotten. Ich kann sie sowieso nur in der Schule tragen. Das tue ich meiner Mutter nicht noch mal an, in geliehenen Kleidern nach Hause zu kommen. Sie hat nichts gesagt, aber ich habe genau gesehen, wie verletzt sie war, als ich nach einer Übernachtungsparty bei Jacky in einer brandneuen Jeans, einem viel zu teuren Pullover und Schuhen, die das Tageslicht noch nicht gesehen hatten, nach Hause kam. Von der Jeans hatte Jacky sogar noch das Preisschild abschneiden müssen. »Ich hatte ganz vergessen, dass ich die habe«, hat sie gesagt. »Hier. Behalt sie einfach.« Meine Mutter und ich haben nie darüber geredet, aber sie gibt sich die Schuld daran, dass ich mir seit der Scheidung keine schönen Klamotten mehr kaufen kann, Schminkkram nur noch zum Geburtstag und zu Weihnachten kriege und mir die Haare von Freundinnen oder meiner Mutter schneiden lassen muss. Und – ich wünschte, es wäre anders – irgendwie finde ich das auch. Irgendwann während des Rosenkriegs meiner Eltern hat meine Mutter meinem Vater entgegengebrüllt, dass sie keinen Cent von seinem Geld annehmen würde, und mein Vater ist ihrem Wunsch nur allzu gern nachgekommen. Dass dies ein unbedachter Ausbruch in einem Wutanfall war und sie es noch am selben Tag zurückgenommen hatte, spielte für ihn keine Rolle mehr. Er ist so stur wie eh und je und weigert sich seitdem, auch nur die geringsten Alimente zu zahlen. Und so macht meine Mutter eben mehr Überstunden im Krankenhaus, als gut für sie ist, und Floor und ich haben Jobs, um uns selbst Taschengeld zu verschaffen.

Wieder wird ein Hunderter in die Mitte geworfen.

Und noch einer.

Und noch einer.

Als ich in die Hocke gehe, um meinen einzigen Hunderter abzulegen, fällt mir etwas ins Auge. Der Schein der Taschenlampe reicht gerade noch bis zur Schuhspitze des Hasen vier Plätze rechts von mir, und derjenige hat sich etwas auf die Kappe seiner Chucks gemalt. Ein Kreuz. Ein einfaches Kreuz aus zwei flüchtigen Linien, die sich in der Mitte überlappen.

Ich fühle mich stellvertretend ertappt, als wäre ich diejenige, die sich nicht an die Regeln gehalten hat. Was bezweckt er oder sie? Und wie ist er damit an den Gatekeepern vorbeigekommen?

Ich lege meine hundert Euro oben auf den anderen Hundertern ab. Noch nie habe ich so viel Geld aus der Nähe gesehen. Fast sechshundert Euro. Sechshundert Euro für sechs Sekunden. Ich bekomme Gänsehaut. Mit ihrer kitschig grünen Farbe erinnern mich die Scheine an Monopolygeld. Sie liegen in einem halbwegs ordentlichen Stapel auf dem Boden. Ein, höchstens zwei Mal müsste ich zupacken, um alles aufzuheben. Oder vielleicht auch nur einmal, wenn ich nur die oberen Scheine nehme. Ich könnte damit shoppen gehen, ohne auf die Preisschilder zu achten. Ich könnte ein Smartphone bezahlen, für Floor und meine Mutter etwas Schönes kaufen. Würde ich es schaffen? Würde ich die sechs Sekunden überstehen, wenn ich mich jetzt nach dem Geld bücke?

Sechs Sekunden sind gar nichts.

Obwohl ...

Und wenn sie mir ins Gesicht treten?

Nein.

Vielleicht treffen sie mich gar nicht richtig.

Obwohl ...

Ich habe Jacky versprochen, es nicht zu tun.

Nein.

Ich stehe auf und gehe wieder an meinen Platz zurück. Sechshundert Euro sind zu wenig. Bei tausend tue ich es.

Mir ist ein bisschen schwindelig und komisch im Kopf. Die Dunkelheit nimmt mich wieder auf wie eine Vertraute. Ich sehe keine Chucks mehr, keine Kreuze, nur noch Hasen, die mit mir im selben Kreis stehen.

Mein Nachbar links legt ein ganzes Bündel Scheine in die Mitte: einen Fünfziger und drei Zwanziger. Der Einsatz ist damit offiziell auf hundertzehn erhöht. Ich versuche auszurechnen, wie viel Geld minimal in der Mitte liegt, wenn alle neun Hasen vor mir dasselbe hinlegen, bevor ich wieder an der Reihe bin. Neunhundertneunzig Euro. Fast tausend. Plus die sechshundert Euro, die schon dalagen, macht das insgesamt ...

Wie aus dem Nichts bückt sich jemand nach dem Geld.

Es geht so schnell, dass ich im ersten Moment denke, ich hätte es mir eingebildet. Eine halbe, vielleicht eine ganze Sekunde lang sehe ich zu, wie zwei Hände in Lederhandschuhen mit hastigen Bewegungen das Geld zusammenraffen, wie Scheine in Panik zusammengeknüllt und die Münzen mit Sand und allem in den Ausschnitt des Kapuzenpullis geworfen werden – warum kommt das Geld unten nicht wieder raus? Dann stürzen sich plötzlich alle auf ihn. Ich sehe ein Knäuel aus Armen und Beinen, höre stumpfe Geräusche ohne Echo, die auf etwas Hartes zu treten scheinen, und erkenne erst einen Moment später, dass es das Geräusch von Schuhspitzen ist, die gegen einen Körper treten. Einen Brustkorb, ein Schienbein, einen Kopf. In meinem Mund sammeln sich Spuckebläschen. Es fühlt sich an, als müsste ich einen Brocken dicke, klebrige Lava herunterschlucken. Der Speichel in meinem Mund schmeckt bitter. Adrenalin. Mein Blut fließt nicht mehr in normalem Tempo durch den Körper, sondern es rast nur so hindurch. Auf meinen Armen und Nacken haben sich die Haare aufgestellt, die Atmung geht flach und schnell. Ich rieche, schmecke, sehe, höre, fühle schärfer als je zuvor. Eine Ewigkeit bin ich zu erstarrt, um zu reagieren. Mein Körper ist mit einem Schlag wie gelähmt, ist starr vor Angst. Nicht einmal wegschauen kann ich. Mein Körper zwingt mich, mit anzusehen, was sich direkt vor meinen Augen abspielt. *Jetzt schau hin, du blöde Kuh! Das ist es doch, was du unbedingt erleben wolltest!*

Ein lautes, schrilles Geräusch erklingt wie von einer Tröte bei einem Fußballspiel.

Die sechs Sekunden sind vorbei. Es ist vorbei.

Ich sehe zu, wie die ganze Gruppe einen Schritt zurücktritt.

Ich sehe, wie sich jemand in Embryohaltung auf dem Boden krümmt.

Ich sehe zu, wie eine Gestalt weiter zutritt, obwohl der Körper am Boden sich nicht mehr rührt. Es ist, als würde er gegen einen Sack Zement treten. Noch ein stumpfer Tritt. Noch einer. Für einen Moment hält er inne, dann schwingt er seinen Fuß nach hinten und tritt mit voller Wucht gegen die Hasenmaske. Als ich höre, wie ein Knochen knackt, muss ich würgen.

Ich sehe, dass auf der Schuhspitze des Angreifers ein Kreuz prangt.

HÖRAUFHÖRAUFHÖRAUUUUUUUUUUF!

Schreie ich laut? Ich weiß es nicht.

Dann zieht einer aus der Runde den Angreifer grob am Arm. Im gleichen Moment ist es, als ob der Vorhang fällt und die Saallichter angehen. Die Show ist vorbei, mein Adrenalinspiegel sinkt.

Irgendwer kniet sich über den Körper am Boden und hält sein Ohr an die Maske. »Einen Krankenwagen«, schreit eine Jungenstimme. »Wir brauchen einen Krankenwagen.«

Ab diesem Augenblick zerfällt mein Leben in zwei Teile: davor und danach.

5

Bei den Fahrrädern herrscht Chaos. Alle sehen zu, dass sie wegkommen, Fahrräder und Scooter rasen haarscharf an mir vorbei. Manche Leute haben ihre Maske noch auf, andere haben sie sich wie eine Mütze hochgeschoben, wieder andere verstört von sich geworfen. Ich falte meine Maske zusammen und klemme sie mir unter den Hosenbund.

»Naomi! Wo bist du?«

»Ferdy, Ferdy, wir sind hier!«

»Isa! Isaaaaaaa!«

»Weg da! Wenn ich dich umfahre, bist du selber schuld.«

Hektisch schiebe ich mich an den Bäumen entlang, auf der Suche nach meinem Fahrrad. Zum Schutz halte ich mir die Hände vors Gesicht.

»Jasmin?«

Mit einem Ruck drehe ich mich um. »Hanna!«

Ohne nachzudenken, falle ich ihr um den Hals. Am liebsten würde ich losheulen. Es kommt mir vor, als wäre es Stunden her, dass ich zum letzten Mal ein vertrautes Gesicht gesehen habe.

»Wo sind die anderen?« Ich löse mich wieder von ihr. »Wo sind Jacky und Olivia?«

»Was?«

Ihre Haare sind durch die Kapuze so aufgeladen, dass sie in alle Richtungen abstehen. Die Hasenmaske baumelt an einem Gummiband um ihr Handgelenk.

»Jacky und Olivia«, sage ich. »Wir müssen versuchen, sie zu finden.«

Sie schüttelt den Kopf. »Wir müssen weg, Jas. Hier.« Sie drückt mir ein Feuerzeug in die Hand, das sich warm anfühlt. »Mach mal Licht, dann schließe ich das Fahrradschloss auf.«

Mit zitternden Fingern versuche ich, das Feuerzeug anzukriegen. Erst beim dritten Versuch klappt es.

Ich beginne, leise vor mich hin zu jammern. »Es ist alles total ausgeartet, Han. Es ist völlig außer Kontrolle geraten.«

»Jas.« Hanna klingt streng. Jetzt nicht, sagt sie damit. Nicht hier.

»Was, wenn wir jemanden ...«

Ich wage es nicht einmal, das Wort zu Ende zu denken, geschweige denn auszusprechen. Und in derselben Sekunde denke ich: Was, wenn es Jacky oder Olivia ist? Was, wenn Jacky oder Olivia dahinten auf dem Boden liegen?

»Wir müssen zurück.«

Ich will loslaufen, aber Hanna dreht sich wie der Blitz zu mir um und packt mich am Unterschenkel. »Lass uns abhauen, Jas. Bitte.« Sie klingt panisch. »Jacky und Olivia würden niemals ... Du weißt, was mit Leuten passiert, die ...«

Ich weiß genau, was sie sagen will. Ich weiß, was mit Leuten passiert, die sich einmischen. Ich weiß, dass mit ihnen abgerechnet wird, dass sie für alle Zeiten auf der schwarzen Liste landen. Aber da ist etwas in mir, das größer ist als die Angst, selbst zusammengeschlagen zu werden: die Angst, dass Jacky oder Olivia dahinten am Boden liegen.

Ich reiße mich von Hanna los und bahne mir einen Weg durch die entgegenkommenden Radfahrer.

»Jas! Jasmin! Warte!«

Je lauter Hanna meinen Namen ruft, desto schneller laufe ich. Ich muss wissen, mit wem wir abgerechnet haben, ich muss wissen, ob es Jacky oder Olivia oder ein Junge oder ein Mädchen ist. Ich muss wissen, wie schlimm es ist und ob wir ihn oder sie tatsächlich bewusstlos getreten haben.

»Jas! Jetzt warte doch.« Hanna ist dicht hinter mir.

Am Rand der Lichtung bleibe ich stehen. Eine einzige Fackel brennt noch, die restlichen sind in aller Hast umgestoßen oder gelöscht worden.

Ich strecke den Arm aus, um Hanna aufzuhalten. Keuchend bremst sie ab.

»Jas. Echt. Wir müssen wirklich ...«

Dann schweigt sie.

Niemand liegt mehr da.

Die Lichtung ist komplett leer.

Unterwegs sprechen wir kein Wort. Hanna hat sich die Kapuze wieder hochgezogen und rast, als hinge am Ende des Radwegs ein rot-weiß gestreiftes Zielband. Ich sitze auf dem Gepäckträger und schluchze lautlos vor mich hin. Wer behauptet, dass man immer eine Wahl hat, hat keine Ahnung. Zwischen »ohne Hanna zurückbleiben« und »ohne Jacky und Olivia wegfahren« zu wählen, ist keine Wahl.

Hanna stand kurz vor einer Panikattacke, als ich die Lichtung nach demjenigen absuchen wollte, den wir alle zusammen krankenhausreif getreten hatten.

»Um was zu tun?« Ihre Unterlippe zitterte. »Du siehst doch, dass hier keiner mehr ist. Jas! Lass uns gehen, bitte.«

Sie sah in diesem Moment aus wie ein Rehkitz, mit ihren großen Augen, in denen sich Todesangst spiegelte, und den spitzen Ohren, die zwischen ihren Haaren aufblitzten.

Sie tat mir leid, aber ich konnte das Gefühl nicht zulassen. »Wir müssen etwas tun!«

»Dann schau dich doch um, Jas! Hier liegt niemand!«

Ich sah mich um. Sie hatte recht, es war wirklich niemand mehr zu sehen.

Hanna zog mich heftig an der Schulter. »Wir müssen verschwinden!«

»Und was, wenn es Jacky ist? Oder Olivia?«

Hanna sah mich flehend an. »Du weißt, dass es weder Jacky noch Olivia ist. Sie hätten sich niemals nach dem Geld gebückt, und das weißt du. Ihr habt es euch gegenseitig hundert Mal versprochen.«

Dann warf sie ihre Maske auf den Boden und einen Moment später legte ich die Handschuhe, die ich noch immer trug, daneben. Es fühlte sich an wie eine Befreiung, als ob ich etwas zurückließ. Trotzdem wünschte ich jetzt, dass ich sie behalten hätte. Noch bevor wir den Radweg erreicht hatten, hat es wie aus Kübeln zu regnen begonnen. Meine Hände zittern so heftig, dass ich sie mir abwechselnd unter den Hintern schiebe, um sie still zu kriegen. Alle paar Sekunden lecke ich mir die Tränen von der Oberlippe. Regentropfen, lüge ich mir selbst vor. Doch damit kann ich nicht erklären, warum sich mir der Magen halb umdreht vor Reue. Und was Reue ist, weiß ich nur zu gut. Reue ist Verstand, der zu spät kommt. Die ganze Zeit sage ich zu mir: Jetzt bitte ich Hanna, umzudrehen und zurückzufahren. Aber ich tue es nicht. Ich bleibe einfach stumpf sitzen und hoffe, dass ich mit jedem Meter, den wir fahren, meinen Fehler weiter hinter mir lassen kann.

Völlig durchweicht kommen wir bei Jacky zu Hause an. Meine Hände sind so kalt und unbeweglich, dass Hanna die Hintertür aufschließen muss. Als wir drin sind, gehen wir direkt in Jackys Zimmer. Wie verlassen sich das Haus anfühlt, als wir durch die dunkle Küche und am leeren Wohnzimmer vorbei nach oben schleichen. Die beeindruckenden abstrakten

Muster auf den großen Bildern wirken jetzt wie aggressive Streifen, die in einem Wutanfall auf die Leinwand geschmiert wurden. Vor ein paar Stunden war ich noch froh, dass Jackys Mutter mit ihrem Stiefvater übers Wochenende verreist ist. Jetzt wünschte ich, sie wären zu Hause geblieben.

Als ich in Jackys Zimmer das Licht anknipse, fällt mein Blick als Erstes auf die vier Handys auf dem Schreibtisch. Natürlich sind alle vier noch da. Hanna nimmt sich ihres und gibt mir meins. »Hast du irgendwelche Nachrichten gekriegt?«

Ich schalte mein Handy ein. Null. Seit alle Welt WhatsApp hat, kriege ich nur noch SMS von meiner Mutter und die geht davon aus, dass ich heute Abend bei Jacky übernachte.

»Du?«, frage ich.

Sie wischt konzentriert mit dem Daumen über das Display. »Nichts Besonderes.«

Ich ziehe die übrig gebliebenen Scheine aus der Hosentasche. Zwei Fünfziger, einen Zwanziger und drei Zehner. Mein Versuch, sie glatt zu streichen, misslingt, die Knicke gehen nicht weg. Schließlich lege ich den Stapel unter Jackys Handy. »Kannst du echt nicht hierbleiben?«

Die Frage ist raus, bevor mir klar ist, dass ich mir das wünsche. Denn auf keinen Fall möchte ich in diesem riesigen Haus allein sein. Nicht jetzt, nicht heute Nacht.

Hanna nimmt ihre Jacke von Jackys Bett und zieht sie an. »Du weißt, wie sehr sich meine Mutter anstellt, seit ich letzte Woche erst um fünf Uhr nach Hause gekommen bin. Wenn ich schon wieder bis zum Morgen wegbleibe, flippt sie aus.«

Gemeinsam blicken wir aus dem Fenster auf die kahlen Maisfelder. Abgeschieden in so einem Haus zu wohnen, ist großartig. Außer, wenn man dort allein die Nacht verbringen muss.

»Wenigstens noch ein bisschen?«, frage ich.

Hanna beißt sich auf die Lippe. Wenn man noch nicht lange befreundet ist, scheint jede Bemerkung noch eine Erklärung zu brauchen. Mein »wenigstens noch ein bisschen« war nicht als Forderung gemeint, aber ich weiß selbst, dass es so klingt.

»Jacky kommt bestimmt jeden Moment zurück«, sagt Hanna, obwohl uns beiden klar ist, dass sie das gar nicht wissen kann. »Sorry, aber ich muss los.« Sie umarmt mich und gibt mir einen Kuss auf die Wange, indem sie ihre Wange gegen meine legt. Ich begleite Hanna noch die Treppe hinunter. »Wenn was ist, ruf mich an, okay?«

Als ich sie den Gartenweg entlang in die Nacht verschwinden sehe, unterdrücke ich den Impuls, ihr nachzulaufen. Ich darf mich nicht so anstellen. Kein Haus ist so gut gesichert wie Jackys. Um die ganze Villa herum liegen Kieselsteine, die knirschen und knacken, wenn jemand darüberläuft. Als Deko, habe ich gedacht, als ich zum ersten Mal hier war. Bis Jacky mir erklärte, dass die Steine einen Zweck haben. Es sei die billigste Einbruchssicherung, die es gibt: Kein Einbrecher kann lautlos über diese Steine laufen.

Ich gehe in Jackys Zimmer zurück. Erst jetzt fallen mir die Regenwasserpfützen auf dem Boden auf. Auf einmal bin ich total erschöpft. Das Adrenalin von vorhin ist jetzt definitiv abgebaut und mein Körper arbeitet nur noch auf Notstrom. Ich ziehe mir den bleischweren Hoody über den Kopf und knöpfe die Hose auf. Als ich mir den klebrig nassen Stoff die Beine herunterziehe, sehe ich den schwarzen Fleck auf meinem Unterschenkel. Mist. Der Eyeliner. Ich stecke den Zeigefinger in den Mund und wische mit etwas Spucke über den schwarzen Fleck. Die Farbe klebt wie Pech.

In Unterwäsche laufe ich in Jackys Badezimmer und stelle das Wasser in der Wanne an. Es fühlt sich komisch an, in

Jackys Bad zu sein, ohne dass sie da ist. Ich schaue die Duschgels neben der Badewanne durch. Allesamt teure Marken: Rituals, Lush, eine Limited Edition vom Body Shop. Verrückt, wie sich jemand verändern kann. Noch vor einem Jahr fand Jacky Nagellack von Essence Luxus, jetzt steht Badeschaum für gut hundert Euro auf ihrer Wanne. Ich entscheide mich für eine Flasche *Brazil Nut* vom Body Shop und drücke hinein. Im Kopf zähle ich bis sechs. Cremiger, nussiger Duft steigt auf. Ich setze mich auf den Wannenrand und schmiere das Duschgel auf den schwarzen Fleck an meinem Bein. Nach und nach verwischen die Ränder des Flecks und lösen sich in nichts auf. Ich wische weiter daran herum, kratze ein Stück mit dem Nagel weg. Dann stelle ich das Bein unter den Wasserhahn und lasse das heiße Wasser darüberfließen.

Zu Hause haben wir keine Badewanne, nie gehabt, und deshalb habe ich auch nie eine vermisst. Bis Jacky letzten Sommer ihr eigenes Badezimmer bekommen hat und ich jeden Sonntagmorgen in die Wanne stieg, wenn sie noch schlief.

Mit dem Fuß ziehe ich den Stöpsel vom Badewannenrand und schiebe ihn auf den Abfluss. Dann werfe ich meine Unterwäsche auf die Badematte und lasse mich schließlich ins Wasser gleiten. Noch nicht einmal der Boden ist ganz mit Wasser bedeckt, aber das ist mir egal. Ich lehne den Kopf an den Wannenrand und schließe die Augen.

Nie mehr, verspreche ich mir selbst.

Nie. Mehr.

Egal, wie oft Jacky und Olivia nachher womöglich behaupten, dass das alles »witzig und cool« war und dass man »so was absolut mal erleben müsste« – ich mach da nicht mehr mit. Ich fühle mich alles andere als cool. Ich fühle mich schmutzig und asozial und unendlich naiv. Weil ich es nicht habe kommen sehen. Was hatte ich eigentlich erwartet? Dass alle auf einmal ihre Maske herunterreißen und lautstark »War nur ein Scherz!« rufen? Ist es für mich wirklich so schlimm, etwas zu verpassen, was Jacky und Olivia gemeinsam tun? So schlimm, dass ich alles mitmache, einfach nur, um dazuzugehören? Warum denke ich nicht vorher nach? Ich hätte nicht mitmachen müssen. Hätte zum Beispiel einfach nur behaupten können, dass ich bei der Abrechnung dabei sein würde. Oder – noch besser! – ich hätte einfach sagen sollen: »Alles gut und schön, aber ich trete bestimmt nicht sechs Sekunden lang auf jemanden ein.« Ich habe mich sechs Sekunden lang mit Red Bull begießen lassen, habe sechs Sekunden an einem Laternenpfahl vor einem Altersheim Pole Dance gemacht, hab mir sechs Sekunden lang den Brotdosen-Inhalt eines unschuldigen Fünftklässlers über den Kopf kippen lassen. Ich hab alles mitgemacht. Hätte ich nicht dieses eine Mal Nein sagen können: »Sorry, macht ruhig, ich halte euch nicht auf, aber das hier überschreitet meine persönliche Grenze.« Wie weit will ich noch gehen? Wie lange kann ich mich noch im Spiegel anschauen?

Ich spüre, wie mir die Tränen ins Ohr fließen. Ich hasse mich so sehr, dass ich kotzen könnte.

Ich weiß, dass ich nichts anderes tun kann, außer, diese sechs Sekunden meines Lebens so gut zu verdrängen wie möglich. So gut, dass sie nie mehr an die Oberfläche kommen.

Genau das ist das Problem mit Grenzen: Sie sind Einbahnstraßen. Sobald man eine überschritten hat, gibt es kein Zurück mehr. Von diesem Moment an ist eine neue Grenze dein neuer Standard. Du bist für alle Zeiten jemand, der ein »Nein« in ein »Ja« verändert, der aus einem Kreuz ein Häkchen macht.

Und deshalb bin ich für alle Zeiten diejenige, die Mitschuld daran trägt, dass auf einen anderen eingetreten wurde.

Ich stand dabei und habe zugeschaut. Der Feigling, der nicht eingreift, der Zuschauer, der den Mund hält – das bin ich.

Ich stelle das Wasser ab. Mit den Fingern drehe ich kleine Strudel ins Wasser. Das Duschgel hinterlässt eine fettige glänzende Schicht auf meiner Haut.

Krrrrchk. Krrrrrchk.

Langsam bewege ich den Kopf. Meine nassen Locken kleben mir im Nacken fest. Für einen Moment versuche ich mir einzureden, dass das Wasser in der Wanne das Geräusch macht, aber die Quelle ist eindeutig außerhalb des Badezimmers.

Mein Herz steht ein paar Sekunden still, als mir klar wird, was das ist: Es sind schwere Schritte, die aus dem Schlafzimmer kommen.

6

Im Film weiß die Hauptfigur immer sofort, was sie tun muss. Sie ruft »Wer ist da?« oder zieht mit einem Ruck die Tür auf und überwältigt den Eindringling mit geschickten Griffen. Aber ich hingegen bleibe wie erstarrt in der Wanne liegen. Die knisternden Blasen klingen wie kleine Explosionen.

Mach-dass-es-nicht-wahr-ist-mach-dass-es-nicht-wahr-ist-mach-dass-es-nicht-wahr-ist.

An meinem Arm läuft ein Tropfen herunter, kriecht mir über das Handgelenk und klatscht mit der Kraft einer Bombe ins Badewasser. Von irgendwo dringt ein Gedanke in meinen Kopf, den ich nicht zulassen will. Die Tür ist nicht einmal abgeschlossen. Wegen meiner bescheuerten Klaustrophobie, die jetzt meinen Tod bedeuten könnte, habe ich die Badezimmertür nicht abgeschlossen.

Mein Mund ist ganz trocken und das Schlucken fällt mir schwer. »Hallo!« Meine Stimme klingt, als würde ich jeden Moment zerbrechen.

Panisch sehe ich um mich, auf der Suche nach irgendetwas, das als Waffe zu gebrauchen wäre. Könnte ich das Haarspray als Pfefferspray verwenden? Den Lockenstab als Knüppel?

»Jacky?«

»Ich bin nicht Jacky.«

Irgendjemand atmet schwer.

»Jasmin?«

Erleichterung durchfährt mich von oben bis unten. Diese Stimme kenne ich. Ich kenne sie sogar sehr gut.

»Seth?«

Er braucht die Tür nur zu öffnen und schon sieht er mich nackt. Ich springe auf, reiße ein Handtuch aus dem Regal und wickele es mir um den nassen Körper. »Nicht reinkommen, okay? Hörst du?«

Es ist mir völlig egal, dass das Handtuch mit einem Zipfel im Badewasser hängt. Ich steige aus der Wanne, lege eine Hand auf die Türklinke und die andere aufs Schlüsselloch. Als ich die Tür einen Spalt weit öffne, reißt Seth sie sofort ganz auf.

»Du hattest nicht abgeschlossen? Wenn ich das gewusst hätte ...« Er lächelt.

Meine Angst verwandelt sich in Schamgefühl und meine Stimme klingt vorwurfsvoll: »Was machst du hier?«

Ich kann ihm am Gesicht ansehen, dass ihn die Frage überrumpelt, aber dann zuckt er mit den Schultern. »Ich bin wegen dir hier.«

»Wegen mir?« Manchmal ist das, was man gerne hören würde, genau das, was man nicht glauben kann. Ich spüre, wie die Tropfen an mir hinabgleiten und der Boden unter mir nass wird. »Wieso?«

Wie immer schaut mich Seth so durchdringend an, dass ich nach dem Bruchteil einer Sekunde wegsehen muss. Ihm sechs Sekunden lang in die Augen zu schauen, ist die schwierigste Sechs-Sekunden-Aufgabe überhaupt.

»Wie bist du reingekommen? Und woher wusstest du, dass ich hier bin?«

»Jacky.« Er öffnet seine Hand. »Sie hat mir einen Schlüssel gegeben.«

Viel zu viele Fragen drängen sich in meinem Kopf und wollen beantwortet werden. »Was? Warum? Hast du mit ihr gesprochen? Nach der Party? Sie ist immer noch nicht zurück und ich weiß nicht ...«

Seth unterbricht mich. »Hör zu, wenn du willst, dass ich wieder gehe, bin ich sofort weg.«

»Was? Nein«, beeile ich mich zu sagen. »Es ist nur ...«

Ich beiße mir heftig auf die Zunge. In Gedanken zähle ich bis sechs – die neue Zehn –, aber schon bei drei beginne ich zu heulen. Das ist das wirklich Fürchterliche, wenn man mitten in einer emotionalen Krise gestört wird: Schon beim geringsten Anlass bricht man in Tränen aus.

»Ich war so dumm«, sage ich mit einer Stimme, die ich zum letzten Mal benutzt habe, als ich ein kleines Kind war. Frustriert wische ich mir die Tränen aus dem Gesicht. Ich traue mich nicht, Seth anzuschauen. Ich werde mich nie mehr trauen, ihn anzuschauen. Wenn ich das Handtuch von mir werfen würde, würde ich mich nicht weniger nackt fühlen als jetzt.

»Was meinst du?« Seth hat sich keinen Millimeter vom Fleck gerührt.

Mein Blick fällt auf seine Schuhe. Schwarze Chucks, registriere ich. Verschlissene Spitzen, graue Schnürsenkel, die mal weiß waren. Kein Kreuz.

»Hattest du was mit einem anderen Typen?« Seine Stimme klingt, als hätte sie hundert kleine Risse.

Ich sehe auf. Zum allerersten Mal ist da etwas Neues in seinem Tonfall. Enttäuschung. Eifersucht.

»Was? Nein, natürlich nicht.« Und gleich darauf. »Aber ich habe bei der Abrechnung mitgemacht.«

Für einen Moment vibriert die Luft zwischen uns, die Bedeutung meiner Worte scheint nur ganz langsam zu ihm durchzudringen.

»Bei der Abrechnung?« Er macht einen Schritt auf mich zu und packt mich am Oberarm. Kneift hinein. »Du hast bei der Abrechnung mitgemacht?« Er spricht mit zusammengebissenen Zähnen, als hätte er Angst, dass er losbrüllt, sobald er den Mund richtig aufmacht.

»He, ganz ruhig.«

Er lässt mich wieder los und tritt einen Schritt zurück. Mit der Hand reibt er sich die Augen und den Nasensteg, so, als wäre er auf einmal todmüde und hätte rasende Kopfschmerzen.

»Warum?« Er schreit es fast. »Bist du wirklich so blöd? Weißt du eigentlich, wie gefährlich das ist?«

Erschrocken zucke ich zusammen. »Ich hab aber nicht zugetreten«, sage ich leise.

»Ich hab aber nicht zugetreten?«, wiederholt er. »Das ist deine Entschuldigung? Weißt du, was da alles hätte passieren können?«

»Du brauchst dich jetzt gar nicht so aufzuspielen«, fauche ich zurück. »Ich fühle mich schon beschissen genug.«

»Wie kann man nur so dämlich sein.«

Das ist jetzt schon das zweite Mal innerhalb weniger Sekunden, dass er sagt, wie doof ich bin. Das Ironische daran ist, dass er noch nie so sexy ausgesehen hat wie jetzt, wo er kurz davor ist, wegen meiner Dämlichkeit zu explodieren. Noch einmal reibt er sich mit einer verzweifelten Geste die Stirn. Ist das ...?

»Hast du Blut an der Hand?«

Seth blickt erstaunt auf seine Hand und wieder zu mir zurück. »Das hier?« Er hält die Hand hoch. Auf den Fingerknöcheln klebt geronnenes Blut und am Handrücken ist Haut weggerissen. »Vom Roller gefallen.«

Es klingt so unglaubwürdig, dass es einfach nur traurig ist. »Mit jemandem abgerechnet, meinst du wohl. Wie kannst du es wagen, mich ...«

»Glaubst du echt, ich würde da mitmachen?« An seinem

Auge zuckt ein Nerv. »Um wie viel Geld ging es heute Abend, Jasmin?«

Noch nie hat mein Name so schön und weiblich und sexy geklungen. »Sechs-, siebenhundert Euro?«, sage ich. »Ich weiß nicht genau.«

»Und bei wie viel Geld hättest du dich auf das Geld gestürzt?«

»Ich hätte nie ...« Mitten im Satz verstumme ich. Wen versuche ich hier eigentlich zu täuschen?

»Tausend?«, fragt Seth. »Oder Tausendfünfhundert? Zweitausend? Alles hat seinen Preis, Jasmin.«

Ich schlucke den Kloß in meinem Hals hinunter. Jetzt, wo ich hier stehe, kann ich leicht behaupten, dass ich das Geld nicht genommen hätte. Aber noch vor einer Stunde hätte ich für tausend Euro sechs Sekunden lang alles riskiert.

»Du weißt doch überhaupt nicht, was läuft, Jasmin.« Seth beugt sich vor und spricht in einem Ton, der hart und sanft zugleich klingt. »Wer hat denn normalerweise so viel Geld in der Tasche? Was für Leute sind das?« Er wartet meine Antwort nicht ab. »Drogendealer. Spieler. Professionelle Schläger. Solche Leute.«

Mir wird schlecht. Professionelle Schläger?

»Dachtest du, wir sind die Einzigen, die diese Art von Spielchen spielen? *Die Abrechnung, Beaten up for money, Todestritte* oder was weiß ich, wie sie alle heißen. Da sind Typen dabei, die extra dafür anreisen. Die auf jede Party gehen, um mit Tritten ihren Frust loszuwerden.«

Ich verstehe kein Wort und ich glaube, das sage ich auch laut.

Seth lacht gekünstelt auf. »Es geht dabei um so viel Geld und es wird so heftig zugetreten, dass es schon lange kein Spiel mehr ist. Manche Typen machen das einfach, um Geld zu verdienen. Wusstest du das? Wenn du heftig genug zutrittst, lässt das Opfer ganz von selbst das Geld los. So, hopp, tausend Euro verdient, wenn du es schlau anpackst.«

Mein Heulanfall von eben ist nichts im Vergleich zu der Attacke, die sich jetzt in mir den Weg an die Oberfläche bahnt. Warum wusste ich das nicht? Warum hat mir das vorher keiner erzählt?

Seth streicht mir eine Haarsträhne aus dem Gesicht. »Versprich mir, dass du nie wieder bei so etwas mitmachst. Nicht für den Kick, nicht für sechs Sekunden.«

Ich nicke. Noch nie ist mir ein Versprechen so leichtgefallen.

Er legt mir die Hand auf die Schulter und sieht mich durchdringend an. Ich presse das Handtuch gegen meinen Körper, damit es mir auf keinen Fall runterrutscht.

»Soll ich vielleicht hierbleiben, bis Jacky zurückkommt?«

Manche Entscheidungen sind so einfach, dass es nicht wirklich etwas zu entscheiden gibt.

Eine eiskalte Hand, die meinen Oberschenkel nach oben kriecht, weckt mich.

»Mwwhh!«

Ich will schreien, aber die schwere Hand, die sich mir auf den Mund legt, verhindert es. Millionen von Horrorszenarien gehen mir im Bruchteil einer Sekunde durch den Kopf: ein Einbrecher, ein Einbrecher, der mich entführen will, ein Psychopath, ein Psychopath, der mich entführen will. Seth.

»Psst!« Warmer Atem streift über mein Ohr. »Sonst weckst du noch deinen Süßen. Wie der schnarcht, echt krass. Ich hab ihn schon draußen gehört.«

Mein Herzschlag nimmt wieder seinen normalen Rhythmus auf, als ich die Stimme erkenne. Ich reiße mir die Hand vom Gesicht. »Jacky! Du hast mich voll erschreckt!«

Die Erleichterung, dass Jacky in Sicherheit und zu Hause ist, wird sofort von Wut abgelöst. »Ich hab mich echt zu Tode erschreckt«, sage ich noch einmal.

So viel zu der Theorie, dass ein Haus, das von Kieselsteinen eingebettet ist, Einbrecher abhält. Ich habe heute Nacht weder Jacky noch Seth kommen hören.

Langsam gewöhnen sich meine Augen an das Licht, das durch die Gardinen ins Zimmer dringt. Jacky ist noch nicht abgeschminkt und ihre Haare sind zu einem unordentlichen Knoten zusammengesteckt. Sie tippt mir sanft mit dem nackten Fuß gegen den Po. »Rutsch mal.«

Unter der Decke zieht sie ihre Jeans und ihren Hoody aus.

»Ich bin echt total kaputt. Wie spät ist es?« Sie blickt auf den Wecker mit den Leuchtziffern, der auf dem Nachttisch steht. »Kein Wunder! Es ist halb sechs.«

Ich schiebe meinen Po leicht gegen Seth, um Platz für Jacky zu machen, aber er weicht keinen Millimeter. Also lege ich mich auf die Seite und krieche so nah wie möglich an ihn heran. Was gar nicht leicht ist, weil er auf der Decke liegt und ich darunter. Ich kam mir so doof vor, als ich vorhin mit geföhnten Haaren, sorgfältig geschminkt und mit dreifach geputzten Zähnen aus dem Bad kam. Ich stand da in meinem Schlafanzug und sah, dass er mit Klamotten und allem eingeschlafen war. Und trotzdem musste ich ihn einfach nur ansehen. Völlig daneben, ich weiß, aber ich konnte ihn einfach nicht *nicht* ansehen. Er wirkte schlafend so anders. Sein Mund stand ein Stückchen offen und seine Nasenflügel bebten bei jedem Atemzug. Er wirkte sehr jungenhaft und männlich zugleich.

Jacky lässt ihren Kopf geräuschvoll auf das Kissen plumpsen. »Ich bin so was von müde.«

»Ach, wie das wohl kommt«, sage ich.

»Und hier scheint es ja auch sehr schön zu sein.« Jacky hebt bedeutungsschwanger die Brauen. »Du und Seth so gemütlich zusammen ...«

»Wahrscheinlich nicht ganz so gemütlich wie Nick und du heute Nacht, oder?«

Sobald ich seinen Namen nenne, leuchten ihre Augen. Ich weiß schon Bescheid, bevor sie es gesagt hat. Das ist der Grund, warum sie heute Nacht nicht nach Hause gekommen ist. Das ist der Grund, warum ich am Abend einen Hausschlüssel in die Hand gedrückt bekommen habe. Das ist der Grund, weshalb sie mich darauf vorbereitet hatte, dass ich »wahrscheinlich ohne sie« zurückfahren müsste. Ich komme mir auf einmal so dumm vor, dass ich am Abend auch nur eine Sekunde gedacht habe, ihr sei etwas passiert.

Jackys Gesicht ist ganz nah an meinem und ihre Stimme nur noch ein Flüstern. »Ich war mit Nick im Bett.«

Wusste ich es doch.

»Also, im Bett. Im Bett!« Sie kichert. »Wir haben es getan, trifft es wohl besser.«

»Echt jetzt?«

»Echt.«

»Und?«

»Und was?«

»Und wie war es?«

Ich spüre, dass Jacky mit den Schultern zuckt. »Es war nicht superromantisch oder so. Wir sind ein Stück in den Wald hineingelaufen, bis zu einer Forsthütte. Es war okay.«

»Wow.«

»Ja, was soll ich denn sonst sagen?« Sie lacht leise. »Willst du Details? Kannst du haben, von mir aus. Er hat einen sehr ...«

Ich lege ihr die Hand auf den Mund. »Nee, lass mal. Das muss ich echt nicht wissen.«

Jacky lacht wieder und leckt mir mit der Zunge über die Handfläche.

»Igitt!« Ich wische mir die Hand an der Bettdecke trocken und kichere. »Ich will gar nicht wissen, wo diese Zunge heute Abend schon gewesen ist.«

Sie pikt mir in die Seite. »Bist du prüde oder was?«

Ich drücke mich extra dicht an Seth und muss mein Bestes geben, nicht laut loszulachen. »Jetzt kannst du auf jeden Fall wieder eine Sechs-Sekunden-Aufgabe abhaken.«

»He!« Jacky dreht ihr Gesicht zu mir. »Es hat schon ein bisschen länger gedauert als sechs Sekunden.«

»Eine ganze Minute?«

»Haha. Apropos, traust du dich inzwischen, mit Seth Händchen zu halten?« Jacky lächelt. »Waren wir beide also heute Abend zum ersten Mal mit einem Jungen im Bett. Wie BFF ist das denn?«

Ich kann nicht anders, ich muss wieder lachen. Es ist Jahre her, dass wir in jedem passenden und unpassenden Moment gerufen haben, wie BFF irgendetwas doch ist. In unserem Fall stand es für »Beinhart & Friends Forever«. Also eigentlich BAFF, aber das klang so bescheuert.

Sie lässt sich wieder aufs Kissen fallen. »Was für ein megacooler Abend. Oder?«

Ich zucke mit den Schultern. Das Übelkeit erregende Schuldgefühl ist sofort wieder da.

»Was ist denn?«

»Nichts«, sage ich. Einen Moment überlege ich, ob ich nichts sagen soll. Aber ich kann nicht anders, es ist stärker als ich selbst. »Am Anfang habe ich mich tatsächlich so wohl in meiner Haut gefühlt wie noch nie. So, als ob mir mein Körper auf einmal richtig gepasst hat. Aber ... hast du denn gar keine Schuldgefühle? Bei der Abrechnung ging es heute Abend ziemlich zur Sache.«

»Ach so, das meinst du.« Jacky dreht sich auf den Rücken. »Ich ...« Pause. »... ich habe nicht mitgemacht.«

»Ich habe auch nicht zugetreten, falls du das meinst.«

»Nein, ich habe gar nicht mitgemacht.« Sie seufzt tief. »Sorry. Echt. Nick und ich hatten die Zeit völlig vergessen. Wir waren, na ja, du weißt schon, wir waren im Wald und auf einmal war es schon zwölf. Tja, und ohne Maske konnten wir ja kaum zurückkommen.«

Unter der Decke balle ich meine Hände zu Fäusten. Kneife mir mit den Nägeln Halbmonde in die Handflächen.

»Wir haben vom Waldrand aus zugeschaut.« Sie flüstert. »Es war echt ziemlich heftig. So schlimm hatte ich es mir nicht vorgestellt. Es tut mir total leid, ehrlich. Nick und ich und Olivia, wir wollten wirklich ...«

»Olivia?« Ich spucke ihren Namen aus, als wäre er Gift. »Was ist mit Olivia?«

»Olivia ist schon früher nach Hause gegangen.«

Ich glaube es einfach nicht. Ich will es nicht glauben. Das alles war ihre Idee. Jacky und Olivia haben damit angefangen. *Wir müssen da mitmachen. Stell dir vor, du liegst irgendwann auf dem Sterbebett und erkennst, dass du nie gekämpft hast! Wann kriegen wir je wieder so eine Chance? Wolltest du noch nie wissen, wie es sich anfühlt, jemanden zusammenzuschlagen? Los, komm, Jas! Was sind schon sechs Sekunden?*

»In diesen Drinks war irgendwas drin«, erzählt Jacky. »Olivia wurde schlecht. In einem Moment ging es ihr noch super und im nächsten konnte sie nur noch kotzen. Ich wollte es dir sagen, aber ich hab dich nicht mehr gefunden.«

Ich weiß nicht, auf wen ich wütender bin: auf Jacky und

Olivia, die sich nicht an die Absprache gehalten haben, oder auf mich selbst, weil ich so bescheuert war, bei der Abrechnung mitzumachen.

»Nächstes Mal mache ich auch mit, okay?« Jackys bittende Stimme ist ganz nah hinter mir. »Ich bleib den ganzen Abend in deiner Nähe und wir machen es zusammen. Du und ich. Versprochen.«

Meine Stimme ist wie zugeschnürt. »Du denkst doch wohl nicht, dass ich das noch mal mache?«

»Jas ...«

»Nein! Er hatte nicht die geringste Chance. Schon in der Sekunde, in der er nach dem Geld gegriffen hat, lag er am Boden. Und alle haben zugetreten. Immer weiter. Obwohl er schon am Boden lag. Ich schäme mich zu Tode, verstehst du? Hast du nicht gesehen, dass einer sogar weitergemacht hat, als die sechs Sekunden rum waren? Dass er weiter zugetreten hat, obwohl er längst hätte aufhören müssen? Und hast du nicht den Jungen gehört, der nach einem Krankenwagen gerufen hat?« Ich flüstere so laut, ein Wunder, dass Seth noch nicht aufgewacht ist.

»Es tut mir leid. Okay?« Sie tippt mit ihrem kleinen Finger gegen mein Schlüsselbein, genau an die weiche Stelle. »Aber sei mal ganz ehrlich. Hast du heute Abend nicht das Gefühl gehabt, lebendig zu sein?«

Sie dreht sich auf die Seite und legt den Arm um mich, genau wie schon Hunderte von Malen zuvor, wenn ich bei ihr übernachtet habe.

»Gib es zu, Jas«, murmelt sie mit geschlossenen Augen. Sie gähnt lang und so heftig, dass ihr Kiefer knackt. »Es war ein Abend, den wir nie vergessen werden. Oder?«

7

Am Morgen erwache ich in einem leeren Bett. Auf der Seite, auf der Seth geschlafen hat, ist die Decke ordentlich glatt, auf Jackys Seite ist sie verknittert. Ich ziehe mein Handy unter dem Kissen hervor und checke meine Nachrichten.

Ich wollte dich nicht wecken. Wir reden später. X Seth

Ich rolle mich auf den Rücken und lege mir den Arm über die Augen. Obwohl wir keinen Sex hatten und uns nicht einmal geküsst haben, fühle ich mich irgendwie abgeschoben. War es wirklich so eine gute Idee, ihn hier schlafen zu lassen?

Ohne ihm zu antworten, krieche ich aus dem Bett. Auf den Blick in den Badezimmerspiegel verzichte ich und gehe gleich unter die heiße Dusche. Der schwarze Eyeliner-Fleck von gestern ist immer noch nicht ganz weg. Mit einem Peeling-Gel kratze ich ihn mir vom Bein und schäume meinen restlichen Körper mit viel zu viel Duschgel ein. Als ich fertig bin, rubbele ich mir die nassen Haare grob mit einem Handtuch trocken. Meine schwarzen Klamotten stopfe ich in die Tasche und ziehe stattdessen die Sachen an, die ich anhatte, als ich gestern von zu Hause aufgebrochen bin: eine helle Skinny Jeans und meinen weißen Lieblingspulli.

Unten sitzt Jacky im Schneidersitz auf einem riesigen beigefarbenen Ecksofa. Im Fernsehen läuft eine Sendung über Teeny-Mütter. Babygeschrei schallt durch den Raum.

»Hast du mir etwas zu sagen?« Ich nicke in Richtung Fernseher. Doch mein Witz klingt matt.

Jacky stellt den Ton leiser. »Hör bloß auf. Wenn Nick

nachher kommt, bestehe ich drauf, dass er sich gleich zwei Kondome überzieht. Diese Geheule ist ja furchtbar.«

»Oh.« Ich versuche, möglichst neutral zu klingen. »Kommt Nick denn gleich?«

»Ja. Er hat mir gerade geschrieben, dass Fußball ausfällt. Macht dir doch nichts aus, oder?« Sie hält mir eine Tüte Chips hin. »Willst du?«

Ich rümpfe die Nase.

»Im Kühlschrank ist auch noch eine Packung Schmelzkäse.« Jacky lacht. »Käse ist doch gesund, oder?«

»Ich esse zu Hause was.«

Ich weiß, dass es lächerlich ist, aber auf einmal habe ich überhaupt keine Lust mehr zu bleiben. Und zwar seit ich weiß, dass nicht Soap-Marathon mit mir auf dem Programm steht, sondern Sex-Marathon mit Nick.

»Willst du etwa schon gehen?« Jacky zieht einen Schmollmund und sieht mich mit großen Bambiaugen an. Aber auch, wenn sie erstaunt klingt, höre ich Erleichterung in ihrer Stimme. »Schade. Wollen wir heute Abend noch was machen?«

Ich zucke die Achseln. »Mal sehen, okay?«

Wenn ich nur zweite Wahl bin, will ich lieber gar nicht.

Ich berühre sie kaum, als ich sie umarme, während ich stehe und sie noch immer sitzt. »Tschüss.«

Meine Mutter merkt sofort, dass irgendetwas nicht stimmt, als ich viel zu früh für einen Sonntagmorgen nach Hause komme. In der Küche hängt der Geruch nach Angebranntem.

»Aus dem Bett gefallen?« Meine Schwester pikt sich ein Stück gelblichen Pfannkuchen auf die Gabel und steckt ihn sich in den Mund. Sie kaut darauf herum, als wäre es Kaugummi.

Ich werfe meine Tasche auf den Tisch. »Die Feuerwehr hat

mich alarmiert, dass das Haus in Flammen steht. Ich bin so schnell wie möglich gekommen. Hallo, Mama.« Ich gebe ihr einen Kuss auf die Wange.

Sie lächelt mit einem Fragezeichen im Gesicht, als sie mir ihre Wange hinhält und sich gleich wieder ans Geschirrspülen macht. Meine Mutter findet es »absolute Wasserverschwendung«, den Geschirrspüler wegen ein paar Tellern anzustellen, und wäscht daher noch immer das meiste mit der Hand ab, und zwar in einer Pfütze kochend heißem Wasser mit einem halben Teelöffel Spülmittel.

Ich setze mich auf einen Küchenstuhl. Obwohl es unsere eigenen Stühle sind und meine Mutter die Küchenschränke im selben Blau gestrichen hat wie unsere alte Küche, fühlt es sich immer noch nicht so richtig nach Zuhause an. Diese Wohnung liegt im Erdgeschoss, ist kleiner, hellhöriger und riecht anders. Und die Frau, die jetzt an der Spüle steht, ist mindestens hundert Jahre älter als die Mutter, die in unserer früheren Küche die Spülmaschine eingeräumt hat.

»Entschuldige.« Ich beuge mich vor und greife ein Stück Pfannkuchen von Floors Teller ab. »Aber ich hab echt tierischen Hunger.«

Floor haut mir auf die Finger. »Hände weg. Du kannst dir selber Pfannkuchen machen.«

Ich kaue und verziehe das Gesicht, als ich den Geschmack erkenne. »Das nennst du Pfannkuchen? Das ist zermatschte Banane mit Ei, sonst nichts.«

»Dann mach dir halt ein Brot.«

»Dann mach dir halt ein Brot«, äffe ich sie nach.

Nicht die besten Widerworte, aber die effektivsten. Floor nervt nichts mehr, als wenn ich sie nachmache. Ihr Mund verwandelt sich mit einem Schlag zu einem geraden Strich, der nichts mehr zu lachen hat.

Meine Mutter geht sofort dazwischen. »Hattest du einen schönen Abend?«

»Hm, ja«, sage ich zu ihrem Rücken. »Passt schon.«

»Warst du bei Jacky?«

Ich nicke. »Ja, das weißt du doch.«

»Bei ihr zu Hause?«

Da waren wir auch, also ja. »Ja.«

»Bist du sicher?«

Langsam werde ich nervös. »Ja, Mama. Was soll das?«

»Was das soll?« Meine Mutter dreht sich mit einem Ruck um. Das Abwaschwasser spritzt auf den Boden. »Ich werde dir sagen, was das soll.«

Ich kenne ihre Mini-Ausbrüche, diese Wutanfälle, in denen sie von null auf hundert kommt. Trotzdem erschrecke ich mich jedes Mal aufs Neue.

»Weißt du, was heute Nacht passiert ist?«

Seit meine Mutter Wochenenddienst in der Notaufnahme schiebt, muss ich mir jede Woche anhören, was Komasaufen und Drogen anrichten können. Immer wieder bekomme ich bis ins Detail erzählt, wie irgendwelche Leute auf sich selbst gekotzt haben. Oder auf meine Mutter. Wie Leute so hinüber waren, dass sie helfen musste, ihnen den Magen auszupumpen. Ich kann mir gar nicht so richtig vorstellen, dass meine panische, neurotische Mutter offenbar einen absolut kühlen Kopf bewahren kann, wenn ihr jemand seine Zähne auf die Hand spuckt.

»Wir haben heute Nacht jemanden reingekriegt, der kaum mehr wusste, dass er noch lebt.«

Liquid Ecstasy, tippe ich. Meine Mutter hat mehrere Lieblingshorrorgeschichten und in letzter Zeit ist so gut wie jede Woche mindestens eine Liquid-Ecstasy-Story dabei. Sie braucht mir wirklich nicht schon wieder zu erklären, was für ein fieses Zeug das ist. Ich kenne auch alle Geschichten von Leuten, die sich selbst mieses Zeug zusammenbrauen: dass sie Rohrreiniger reinkippen und Felgenreiniger. Und sich dann auch noch darüber wundern, dass sie sich selbst im Spiegel nicht mehr erkennen.

»Mama, echt jetzt. Zum tausendsten Mal: Ich nehme solches Zeug nicht. Ich trinke nicht mal Alkohol.«

Na ja. Ab und zu. Auf Partys.

»Ach ja?« Mit einer ruckartigen Bewegung wischt sie sich die Hände am Geschirrtuch trocken. »Bist du dir sicher, dass du mir nichts zu erzählen hast?«

Es fehlt nicht mehr viel und sie fängt an zu heulen. Ich weiß, dass meine Mutter das Gefühl hat, die Kontrolle über uns zu verlieren. Das hat sie uns oft genug aus Frust vorgeworfen. »Ich will euch doch nicht verlieren!«, ruft sie dann, vergräbt den Kopf in den Händen und kann nur noch heulen.

Meine Mutter ist ein Wrack, seit mein Vater vor einem halben Jahr verkündet hat, dass sie sich scheiden lassen. Es kam nicht unerwartet und trotzdem hatte ich es an dem Abend nicht kommen sehen. Denn ausgerechnet an diesem Abend saßen wir seit Langem mal wieder zu viert auf dem Sofa und schauten gemeinsam irgendeine kitschige Schnulze im Fernsehen an, so wie früher, bevor zwischen meinen Eltern der kalte Krieg ausgebrochen war und bevor sie sich nur noch ignorierten. Im ersten Werbeblock – das weiß ich noch genau, weil meine Mutter es lächerlich und »typisch für ihn« fand, dass mein Vater es uns ausgerechnet mitten in einem Film sagen wollte – teilte mein Vater uns mit, dass sie sich trennen würden.

»Floor, Jasmin.« Auf seinem Hals prangten Flecken, was ich vorher noch nie bei ihm gesehen hatte. »Eure Mutter und ich ... wir lassen uns scheiden.«

Es war, als ob das Wort selber weinte.

Scheiden.

Scheieieieieieiden.

Es war einfach zu schlimm für Worte. Es war, als ob jemand mein Leben in den Mixer geworfen und auf höchster Stufe zerhäckselt hätte. Ich hatte die Neuigkeit, die ich am frühen Abend erfahren hatte, noch gar nicht richtig verarbeitet: Die Neuigkeit, dass Jackys Mutter im Sommer einen steinreichen Mann heiraten und sie alle zusammen in eine Villa im Nachbardorf ziehen würden. Jacky und ich hatten länger nebeneinandergewohnt, als ich denken konnte. Ihre Wohnung war mir genauso vertraut wie unsere. Und jetzt das?

Meine Mutter gab sich nicht einmal Mühe, sich die Tränen vom Gesicht zu wischen, als sie uns unter Schluchzen erzählte, dass sie schon eine Wohnung für uns drei gefunden hätte. Sie, Floor und ich würden bereits Ende der Woche umziehen.

»Aber ihr seid natürlich bei mir immer willkommen«, sagte mein Vater daraufhin.

»Jedes zweite Wochenende«, verbesserte meine Mutter ihn.

»Oder jedes Wochenende.«

»Wenn sie das selber wollen.«

Die Spannung, die durch die Wörter »scheiden lassen« einen Moment gelöst gewesen war, war sofort wieder da.

»Und wenn ihr ganz bei mir wohnen wollt, dann ist das auch okay«, sagte mein Vater. »Und ...«

Meine Mutter schwieg. Das war offensichtlich nicht eingeplant gewesen. Sie schlug die Hände so heftig vors Gesicht, dass ich hörte, wie ihre Handflächen gegen die Wangen klatschten. Ihr Weinen ging in Gebrüll über. »Was willst du eigentlich?«, schrie sie auf einmal los. »Willst du mir alles wegnehmen? Ist es das, was du willst?«

»Dir alles wegnehmen? Ich bin doch derjenige, der ab jetzt die Alimente abdrücken muss.«

»Ja, schönen Dank auch.« Auf einmal sprang Floor vom Sofa und zog mich am Oberarm hoch. »Echt toll, das alles zu hören. Was mit mir und Jasmin ist, interessiert euch kein bisschen, oder?«

»Wie redest du denn mit uns?«, antwortete mein Vater wie auf Autopilot.

»Von wem sie das wohl hat?«, sagte meine Mutter.

Ich hatte immer noch kein Wort gesagt. Zwischen Vater und Mutter zu wählen, das ist keine echte Wahl. Das ist, als müsste man sich zwischen Kopf und Herz, Arm und Bein oder Taubsein und Blindsein entscheiden.

Das Einzige, woran ich denken konnte, war, dass ich jetzt zu dem Halb-und-halb-Club in meiner Klasse gehörte. Dem Club, der doppelt Geburtstag feierte, zweimal in den Urlaub fuhr, zwei Leben lebte, eigentlich alles nur halb machte. Musste ich meinen Geburtstag in Zukunft auch zweimal feiern? Schon Mitte Oktober darüber streiten, bei wem ich den zweiten Weihnachtstag verbrachte?

Ich suchte Blickkontakt mit meinem Vater, um irgendwas – ein Zeichen der Verbundenheit, Beruhigung, Verständnis – zu empfangen, aber er war viel zu sehr mit dem Kleinkrieg mit meiner Mutter beschäftigt.

Das war für mich vielleicht das Schlimmste von allem. Dass mein Vater mich so im Stich ließ. Bisher war es immer meine Mutter und Floor gegen meinen Vater und mich gewesen. Meine Mutter und Floor schauten sich zusammen blutige Krankenhausserien und Filme an, bei denen sie heulen konnten. (Später habe ich meiner Mutter oft vorgehalten, dass sie nicht deshalb so wütend war, weil mein Vater die Scheidung beim Fernsehen ankündigte, sondern, weil er es während eines ihrer Lieblingsfilme tat.) Sie standen stundenlang zusammen in der Küche und bereiteten seltsame Gerichte wie Muffins-aus-der-Tasse, Pizza mit Blätterteig und Bananenpfannkuchen zu. Mein Vater und ich hatten an all diesen Dingen keinen Spaß. Während sich die beiden in der Küche vergnügten, schauten wir uns Serien wie *CSI* oder *The Mentalist* an, in denen jede Woche ein Mord aufgeklärt wurde. Mein Vater wusste meist schon nach zehn Minuten, wer den Mord begangen hatte. Seine Theorie war: Es ist immer derjenige, von dem du es nicht erwartet hättest, aber trotzdem erwartet hast. Eine Theorie, die ich nie wirklich begriffen habe. Aber an diesem Abend verstand ich sie plötzlich. Ich hätte nie erwartet, dass mein Vater die Scheidung durchsetzen würde, aber trotzdem hatte ich es irgendwie erwartet. Es war nur eine Frage der Zeit gewesen, bis mein Vater seine Feigheit überwinden würde.

»Jasmin, ich hab dich was gefragt!«

Der Ton meiner Mutter ist nicht mehr nur wütend, sondern vor allem ungeduldig.

Floor wirft mir einen Blick zu. Lass sie doch, scheint er zu sagen.

Aber ich habe keine Lust, nett zu meiner Mutter zu sein. Ich lüge schon so oft, um es ihr einfacher zu machen. Sie sagt, dass sie die Wahrheit wissen will, aber eigentlich will sie das gar nicht. Sie will mit Lügen eingelullt werden, die sie vertragen kann, mit einer angepassten Wahrheit, die ihr nicht an die Kehle greift und sie erstickt. Wenn ich ihr jetzt erzählen würde, dass gestern direkt vor meiner Nase jemand zusammengeschlagen wurde (Nur zum Spaß, Mama! Es war nicht einmal eine handfeste Kneipenprügelei, es passierte, weil wir es so wollten, Mama!), käme sie nicht mit einem klugen Rat und einem Plan für die Zukunft an, sondern würde die Vergangenheit – bis auf den Tag genau – danach durchforsten, wann sie einen Fehler gemacht hat. Sie würde sich die Schuld geben. Sie hätte versagt.

Ich stehe auf und werfe mir meine Tasche über die Schulter. »Mama, echt jetzt!« Ich habe schon die Türklinke in der Hand und bin auf dem Sprung in den Flur. »Was willst du eigentlich hören?«

»Das Mädchen, das wir heute Nacht reingekriegt haben ... Man hat ihr so heftig auf die Augen geschlagen, dass sie sie kaum noch öffnen konnte.«

Auf einmal begreife ich, was meine Mutter sagen will. Als ob mir die Lösung einer Matheaufgabe präsentiert wird und ich im selben Moment kapiere, wie man die Aufgabe rechnen muss. Ich fühle mich ertappt.

»Sie kam von einer Party im Wald am Westervenn.«

Ihr Satz bleibt in der Luft hängen. Alles steht und fällt jetzt mit meiner Reaktion. Sorglos. Erstaunt. Gleichgültig. Wie reagiert jemand, der von nichts weiß?

»Aha?«, sage ich mit einem kleinen Fragezeichen am Schluss. Ich spüre, dass Floor mich anschaut.

»Sag mir, dass du gestern Abend nicht dort warst.« Die Stimme meiner Mutter zittert leicht.

»Ich war da nicht, Mama.« Mist. Ich spreche viel zu schnell, als ob ich bei einer Schulaufführung meinen Text herunterrattern würde. »Ich hab keine Ahnung, wer das Mädchen ist, Mama.« Stimmt sogar.

Fieberhaft versuche ich, mich zu erinnern, welche Mädchen gestern Abend noch auf der Party waren, aber ich kann mich nur an Jacky, Olivia und Hanna erinnern.

Meine Mutter sieht mich an. Der letzte Zweifel weicht aus ihrem Gesicht. Wenn ich das nicht weiß, werde ich wohl wirklich nicht da gewesen sein.

»Es ist deine Freundin Isabel.«

8

Isabel ist nicht meine Freundin. Und ich glaube auch nicht, dass wir jemals echte Freundinnen waren.

Vor einem halben Jahr habe ich Isabel im Kunstsaal beim Ritzen erwischt. Es war Freitagnachmittag nach der sechsten Stunde und die Schule war komplett ausgestorben. Ich musste noch ein Bild für Kunst abgeben, ich hätte es eigentlich schon vor einer Ewigkeit fertig haben sollen. Deshalb hatte ich die Idee, es zusammen mit einem Entschuldigungsbrief auf das Pult von Herrn Van Rijn zu legen, in der Hoffnung, dass er dann am Montag vielleicht ein Auge zudrücken würde. Ich riss die Tür zum Zeichensaal auf, warf die Mappe aufs Pult und sah erst in diesem Moment, dass ganz hinten jemand in der Bank hockte.

Isabel saß mit geschlossenen Augen da, halb abgewandt von mir. Sie hatte ein Bein angewinkelt und den Kopf gegen das Knie gelehnt. Sie wirkte wie in Trance, schien traurig und glücklich zugleich zu sein.

Ganz offensichtlich hatte sie mich nicht kommen hören. Sollte ich abhauen oder hineingehen? Was machte sie da? Ich räusperte mich auffällig.

Isabel zwinkerte. »Was ... Aber ...« Dann erst wurde sie richtig wach. »Mensch, hau ab.«

Weil sie vom Tisch verdeckt wurde, konnte ich nicht sehen, warum ich verschwinden sollte. Ich machte ein paar Schritte in ihre Richtung und dann sah ich es.

Über ihren Arm lief ein hellroter Strahl Blut.

Im ersten Moment hielt ich es für Farbe, aber dann sah ich die Schere auf dem Boden neben ihrem Stuhl. Ich musste einfach hinschauen. Mir war sofort klar, dass es kein Unfall war.

Die Gerüchte, dass Isabel sich ritzte, machten schon seit einer ganzen Weile die Runde. Warum sonst trug sie auch im Sommer immer Shirts mit langen Ärmeln? Warum meldete sie sich jede Woche mit einer anderen Ausrede bei Sport krank? Manche behaupteten, dass sie durch das Ritzen versuchte, ihren Freund Jurre an sich zu binden. Dass sie sich ritzte, sobald zwischen den beiden Schluss war – was mindestens ein paar Mal im Monat passierte –, und Jurre auf diese Weise erpresste. Alle kannten diese Storys, aber keiner machte sich die Mühe herauszufinden, ob auch etwas dran war.

Isabel stieß hektisch den Stuhl um und flüchtete an mir vorbei aus dem Raum. Sie hinterließ Blutspuren auf dem Boden.

Am Abend habe ich stundenlang im Internet gesurft.

Ich las alles, was ich über Mädchen fand, die sich ritzten. Ich erfuhr, dass der offizielle Begriff dafür »Automutolation« ist. Dass es vor allem ein Schrei nach Aufmerksamkeit ist, kein Selbstmordversuch. Mädchen, die sich ritzen, tun das nicht, weil sie nicht mehr leben wollen, sondern, weil sie das Leben, das sie führen, nicht mehr ertragen können. Eigentlich führen sie gar kein Leben, sie erleiden es nur, hat jemand geschrieben. Ich las, dass sich vor allem Mädchen, die schwer über ihre Gefühle reden können, ritzen. Jungs, die sich schlecht fühlen, werden aggressiv oder mobben andere, tragen ihre eigene unglückliche Situation nach außen. Mädchen machen alles mit sich selbst aus. Sie werden immer nur noch wütender auf sich selbst, geben sich an allem die Schuld. Und nur, wenn sie sich körperlichen Schmerz zufügen, können sie den Schmerz ertragen, den sie innerlich empfinden. Die meisten Mädchen, die sich selbst verletzen, ritzen sich die Arme oder Beine. Aber es gibt auch welche, die sich kratzen, bis sie bluten, den Kopf gegen die Wand schlagen, sich die Haare herausreißen oder verdünnten Chlorreiniger trinken.

Je mehr ich las, desto mehr wollte ich Isabel helfen. Sie jetzt im Stich zu lassen, wäre genauso grausam, wie ein Baby in einem extrem heißen Auto zurückzulassen.

Am nächsten Tag kam sie zu mir, noch bevor ich sie finden konnte. Offensichtlich wusste sie, dass ich in dieser Woche mit dem Bus zur Schule fuhr, denn zwei Haltestellen nach meiner stieg sie mit rotem, verschwitztem Gesicht ein. Der Bus war ziemlich leer.

»Du musst vergessen, was du gestern gesehen hast«, sagte sie, nachdem sie sich neben mich in die letzte Reihe gesetzt hatte. Und dann, drängender: »Bitte, versprich mir, dass du mit niemandem darüber redest. Versprich es!«

Ich versprach gar nichts. Stattdessen packte ich sie am Handgelenk und zog mit einem Ruck ihren Ärmel hoch. Ihr Arm sah genauso aus, wie auf den Bildern, die ich im Internet gefunden hatte: Er war übersät mit weißen, roten, kleinen, großen, glatten und gezackten Narben. Grausam, schmerzhaft, hässlich.

»He!« Sie versuchte, den Arm wegzuziehen, aber ich schloss meine Hand enger um ihr Handgelenk. Mit der anderen Hand zog ich einen wasserfesten Stift aus der Tasche.

»Still sitzen bleiben.« Ich zog mit den Zähnen den Deckel vom Stift. »Ich will dir doch nur helfen.«

Ich setzte den Stift an ihren Arm an, genau neben einem Schnitt, der frisch aussah.

Isabel blickte mich erstaunt an. Ihre Augenbrauen verschwanden hinter ihrem krumm und schief geschnittenen Pony.

Konzentriert zeichnete ich ihr einen Schmetterling auf

den Arm: Der Schnitt bildete den Körper. Ich malte große B-förmige Flügel und verpasste dem Schmetterling ein lachendes Gesicht und bizarr lange Fühler. An einer anderen Narbe direkt über dem Handgelenk zauberte ich einen kleineren Schmetterling.

»Zur Sicherheit.«

Wenn sie beim nächsten Mal den Drang verspürte, sich zu ritzen, musste sie – so der Tipp auf einer Website – den Schmetterling ermorden. Und so skrupellos würde sie nicht sein, sagte ich mir, während ich auch dem zweiten Schmetterling witzige Fühler verpasste. Wenn sie unter der Dusche ein bisschen aufpasste, würde die Tinte nicht so schnell abgehen und der Schmetterling schließlich von selbst nach und nach verblassen. Und bis dahin hätte sie sich schon eine gute Woche lang nicht mehr geritzt.

Isabel zog ihren Ärmel wieder hinunter und setzte sich, ohne noch etwas zu sagen, im Bus ganz vorne hin.

Noch am selben Tag lud sie mich zu sich nach Hause ein, und weil ich fand, dass ich nicht nur A sagen konnte, sagte ich auch B. Jetzt im Nachhinein weiß ich, dass man eine Freundschaft nicht auf Schuldgefühlen oder Mitleid aufbauen kann, aber damals glaubte ich, das Richtige zu tun. Ich wollte ihr helfen.

Ein großer Vorteil war, dass wir von Anfang an gut miteinander konnten. Es fiel mir leicht, ein Gespräch in Gang zu halten, und ich konnte, ohne dass ich mir im Kopf erst die Worte zurechtlegen musste, einfach drauflosreden. Ich hatte nichts zu verlieren.

Wir sprachen viel über die Sache mit dem Ritzen. Dass sie es im Kunstsaal getan hatte, war eine Panikaktion gewesen. Ihre Oma war in der Woche bei ihnen zu Besuch gewesen und Isabel hatte zu Hause keinen Moment für sich allein gehabt.

Normalerweise hatte sie ein richtiges Ritual – ein spezielles Rasiermesser, ein grünes Handtuch, auf dem das Blut schwarz wirkte –, aber weil sie sich nun schon seit einer Woche nicht hatte ritzen können, war sie extrem unruhig gewesen. Sie war wie ein Junkie, der schlechtes Heroin nahm, nur, um sich einen Schuss setzen zu können.

»So fühlt es sich tatsächlich an, wusstest du das?«, sagte sie, als ich den Vergleich mit dem Drogenabhängigen machte. »Ich bin süchtig nach dem Ritzen, nach dem Gefühl, der Welt für einen Moment zu entkommen. Dass ich einen Moment lang nicht mitzumachen brauche.«

Ob es wehtat, fragte ich sie.

Nichts im Vergleich mit dem Schmerz, den sie in sich verspürte.

Ob sie es oft tat.

Jeden Tag.

Ob sie aufhören wollte.

Jeden Tag.

»Gut«, sagte ich da. »Dann schaffen wir das zusammen.«

Ich wusste, dass ich mir etwas Besseres einfallen lassen musste als einen gezeichneten Schmetterling. Der war zwar gut gemeint, aber es war, als würde man auf eine Zigarette »Finger weg!« schreiben. Es war eine Warnung ohne Bedeutung. Also ließ ich es sie versprechen. Schwören. Wir wetteten. Ich würde sie belohnen. Durfte sie bestrafen.

Nichts half.

Man kann Menschen, die keine Hilfe wollen, nicht helfen. Man kann niemandem Hilfe aufdrücken. Es war zum Verrücktwerden.

Isabel verbot mir, jemandem davon zu erzählen. Abgesehen von Jurre war ich die Einzige, mit der sie darüber reden konnte. Jurre hatte dasselbe Redeverbot und auch er wusste nicht, was er tun sollte – was übrigens der wahre Grund dafür war, dass er sich andauernd von ihr trennte und dann doch wieder zu ihr zurückkehrte. Wenn er entdeckte, dass sie sich wieder geritzt hatte, war er wütend und enttäuscht, doch er hatte auch Angst um sie und kehrte zu ihr zurück, wenn sie ihm versprach, dieses Mal aber ganz bestimmt aufzuhören. Es war schlimmer als ein Teufelskreis: Es war eine Abwärtsspirale direkt in Richtung Abgrund.

In der Schule taten wir oft, als würden wir uns gar nicht kennen. Isabel und Jurre bildeten eine Einheit, zu der ich nicht gehörte. Außerhalb der Sicherheit ihres Zimmers wusste ich nicht, wie ich mich ihr gegenüber verhalten sollte.

Bald drängten sich die Unterschiede zwischen uns immer mehr in den Vordergrund. Ich schminkte mich, um gut auszusehen, sie schminkte sich, um die Leute zu schocken. Ich trug Klamotten, um mich zu zeigen, sie trug Klamotten, um sich zu verhüllen. Meine Haare waren mir heilig, sie schnitt sich die Haare selber.

Am Ende stritten wir uns immer öfter. Sie ritzte sich an den verrücktesten Stellen und die Wunden wurden tiefer und länger. Sie log ständig und begann, mir Vorwürfe zu machen. »Du bist keine Therapeutin«, kreischte sie dann. Oder: »Dann werd halt Ärztin!« Ich konnte nur zusehen, wie der Abstand zwischen uns immer größer wurde, und hatte keine Ahnung, wie ich ihr helfen sollte. Bis sie während eines Streits schrie, dass ich nicht ihre Mutter sei. Da endlich wusste ich, was zu tun war.

Wenn wir auch nur ein kleines bisschen befreundet waren, brach ich den wahrscheinlich wichtigsten Freundinnen-Kodex, den es gibt: Ich verriet sie bei ihrer Mutter. Über das Internet schickte ich Isabels Mutter noch am gleichen Abend eine anonyme Nachricht.

Isabel ritzt sich.

Das war alles.

Danach geschah drei Tage lang alles gleichzeitig: Von Jurre erfuhr ich, dass Isabel von ihrer Mutter in eine Therapie geschickt wurde, meine Eltern ließen sich scheiden und die Sommerferien begannen. Und nach den sieben Wochen war es, als wären wir nie Freundinnen gewesen, nicht einmal ein kleines bisschen.

9

Am Montag kann Jacky in der kleinen Pause über nichts anderes reden als über den Sex mit Nick. Ein Hauch von Verwegenheit umgibt sie und es ist, als würde sie in Gedanken alle, denen sie begegnet, in zwei Gruppen einteilen: in Leute, die Sex haben, und in die anderen – die armseligen, öden Langweiler, die bis zu ihrem Achtzigsten bei den Eltern wohnen und keinen Sex haben. Sie geht und lacht auch anders als sonst: lauter und ausgelassener.

Ihre Geschichten über Nick gehen komplett an mir vorbei. Seit ich weiß, dass Isabel eine Gehirnerschütterung, drei gequetschte Rippen, eine gebrochene Nase, zugeschwollene Augen, eine aufgeplatzte Lippe und unzählige blaue Flecken abgekriegt hat, kann ich an nichts anderes mehr denken.

Isabel wurde krankenhausreif geprügelt. Direkt vor meiner Nase wurde auf sie eingetreten und ich habe nichts getan, um es zu verhindern. Das habe ich auch schon ein paar Mal laut zu mir selbst gesagt, seit ich es gestern Morgen erfahren habe, aber es will nicht wirklich zu mir durchdringen. Isabel. Wurde. Krankenhausreif. Geprügelt.

Laut meiner Mutter war es so schlimm, dass Isabels Zähne vor Blut geglänzt haben, als sie auf einer Trage hereingebracht wurde. Und als sie um neun Uhr morgens Schichtende hatte, war Isabel immer noch in Behandlung gewesen. Wie sie vom Wald am Westervenn ins Krankenhaus gekommen war, weiß niemand genau. Meine Mutter sagt, ein Krankenwagen hätte sie gebracht, aber wer ihn gerufen hat, weiß sie auch nicht.

In der Schule machen die wildesten Gerüchte die Runde, mindestens zehn verschiedene Geschichten kursieren. Isabel hätte gar nicht genau gewusst, wie die Abrechnung funktioniert, heißt es. Isabel hätte Schulden und wurde gezwungen mitzumachen. Isabel wäre das ganze Stück vom Wald am Westervenn nach Hause gelaufen und auf dem Radweg ohnmächtig geworden. Isabel wäre erst am nächsten Morgen im Wald gefunden worden, von jemandem, der seinen Hund ausgeführt hat. Isabel hätte insgesamt tausend Euro Beute gemacht. Isabel hätte von dem Geld gar nichts behalten.

Niemand scheint sich dafür zu interessieren, wer weiter zugetreten hat, als das Stoppsignal längst ertönt war.

Als Jacky ein paar Sekunden den Mund hält, weil sie auf ihrem Handy ein Foto von Nick sucht, muss ich einfach fragen: »Wollt ihr denn gar nicht wissen, was Samstagnacht wirklich mit Isabel passiert ist?«

»Nicht hier, Jasmin«, sagt Jacky.

Ich sehe mich um. Wir stehen zu viert in einer ruhigen Ecke der Cafeteria. Abgesehen von ein paar Fünftklässlern, die die Nase in ihre Bio-Bücher stecken, kann uns niemand hören.

»Das wirst du sowieso nie herausfinden.« Olivia beißt das Grün von einer Erdbeere ab und spuckt es in eine Plastiktüte. »Kein Mensch wird jemals zugeben, dass er mitgemacht hat.« Sie steckt sich die Erdbeere im Ganzen in den Mund. »Jetzt erst recht nicht mehr. Weißt du, was ich in Englisch gehört habe? Dass sie schon Kontakt zu Isabel aufgenommen und sie aufgefordert haben, die Anzeige zurückzuziehen.«

»Sie?«, frage ich.

»Ja, sie.« Jacky seufzt genervt. »Die, die uns vor der Party abgecheckt haben und uns immer noch beobachten. Können wir jetzt vielleicht das Thema wechseln? Ich habe keine Lust, noch auf die schwarze Liste zu kommen.«

Jetzt, wo ich sicher weiß, dass es sowohl die Party als auch die Abrechnung tatsächlich gibt, bin ich mir auch sicher, dass die schwarze Liste keine Erfindung ist. Auf der schwarzen Liste zu stehen, kommt einer sozialen Ächtung gleich. Und das heißt nicht nur, dass man nie mehr zur Party eingeladen wird, auch die drei großen Discos in der Gegend kann man vergessen. Niemand weiß, wie es genau läuft, aber jeder kennt Geschichten von Leuten, die nicht reingelassen wurden. Und das ist noch nicht alles. Deine Konten in den sozialen Medien werden gehackt, Nachrichten unter deinem Namen verschickt. Sie zerstechen dir die Reifen am Fahrrad, rufen nachts zu Hause an, beschmieren deine Sachen mit dem Wort VERRÄTER und mailen dir Fotos, auf denen du schlafend zu sehen bist – alles nur, damit du den Mund hältst. *Regel Nummer eins: Schweig wie ein Grab über die Party.*

Ich verschlucke mich beinahe an meinem Wasser. »Du hast doch nicht etwa vor, nächstes Mal wieder hinzugehen?«

»Warum denn nicht?« Jacky hört auf, auf ihrem Handy herumzuscrollen. »Es war doch ganz cool. Und wir haben schließlich bei der Du-weißt-schon-was noch nicht mitgemacht.«

Olivia schmiert sich eine Schicht Lipgloss auf die Lippen. Ihrem Gesichtsausdruck nach haben Jacky und sie schon längst über dieses Thema geredet. Ich versuche, Hannas Blick einzufangen, aber sie ist intensiv damit beschäftigt, eine Mandarine zu schälen.

»Und du kommst auch wieder mit.« Jacky verpasst mir einen sanften Schubs. »Du brauchst dich echt nicht schuldig zu fühlen.«

»Tue ich aber.«

»Weil es Isabel ist?« Jacky hebt die Brauen. »Hör zu: Die Idee ist ja eigentlich, dass man nie erfährt, auf wen man da eingetreten hat. Dass es dieses Mal zufällig herausgekommen ist und es dann auch noch ausgerechnet jemand ist, den wir kennen, ist halt Pech.«

»Isabel wusste genau, was sie erwartet, wenn sie sich nach dem Geld bückt«, sagt Olivia. »Sie braucht sich jetzt gar nicht zu beschweren.«

»Und dass jemand immer noch weiter zugetreten hat, als die sechs Sekunden schon vorbei waren? Das ist die Regel: sechs Sekunden. Und dann Schluss.«

»So lange wurde nun auch wieder nicht weiter zugetreten, Jas«, sagt Jacky.

»Isabel lag schon am Boden! Wie feige ist das denn.«

Jacky seufzt erschöpft.

»Hanna.« Wenn Jacky Verbündete hat, will ich auch welche. »Hanna, du hast es doch gesehen. Findest du nicht auch, dass das gar nicht geht?«

»Jasmin!«, zischt Jacky laut, als genau in diesem Moment jemand aus unserer Klasse vorbeiläuft. »Du musst das Ganze echt vergessen. Das meine ich ernst. Du darfst nicht länger ... Scheiße.«

»Was?«

»Schaut doch, da!«

Olivia starrt mit großen Augen über meine Schulter hinweg auf den Schulhof. Hanna zuckt zusammen. Mit einem Ruck drehe ich mich um. Mein Herz setzt für einen Schlag aus, als mein Gehirn das weiße Auto mit den roten und blauen Streifen erkennt.

Polizei.

Während der Deutschstunde passiert nichts. Wie eine Besessene übe ich mein Alibi für Samstagabend.

»Wenn wir sagen, dass wir zusammen einen Film geschaut haben, können sie uns gar nichts«, hat Olivia gesagt.

»Ach ja?« Hanna hat ihre Mandarinenschalen in den Mülleimer geworfen. »Und welchen? Am Ende müssen wir denen noch erzählen, worum es in dem Film ging.«

»Können wir nicht einfach behaupten, dass wir den ganzen Abend Musik gehört und uns unterhalten haben?«

»Worüber?«, habe ich gefragt.

»Geht die doch nichts an«, hat Jacky geantwortet. »Und ansonsten halten wir uns an die Wahrheit. Olivia ist früher nach Hause gegangen, weil ihr schlecht war. Hanna ist um eins abgehauen und Jasmin über Nacht geblieben.«

»Und Seth?«

Jacky hat mit den Schultern gezuckt. »Ich sag Seth, dass er auf keinen Fall erwähnen soll, dass er bei mir war. Wir halten unsere Geschichte so schlicht wie möglich. Ein Frauenabend. Wenn wir dabei bleiben, können sie uns gar nichts.«

Die ganze Stunde über behalte ich die Tür im Auge. Als wir einen Hörtest schreiben, fülle ich einfach irgendetwas in die Lücken. In Mathe besprechen wir die Klassenarbeit über Wahrscheinlichkeitsrechnung und langsam fühle ich mich sicherer. Wie groß ist wohl die Wahrscheinlichkeit, dass ausgerechnet ich in einer Schule mit tausendfünfhundert Schülern zum Verhör herausgepickt werde? Ist es nicht viel logischer, dass sie zuerst einmal Isabels Klassenkameraden befragen? Woher wollen sie denn wissen, dass ich am Samstag auf der Party war?

In Englisch mache ich schon wieder die ersten vorsichtigen Witze. Doch dann, um genau zwölf Uhr, exakt fünf Minuten bevor der Gong geht, zerfällt meine Hoffnung zu Staub, als der Hausmeister, ohne anzuklopfen, die Tür aufreißt.

»Jasmin de Waal?«

Ich traue mich nicht aufzusehen.

»Herr Kooijmans will dich sprechen.«

Das ist nicht gut. Das ist gar nicht gut. In den vier Jahren, in denen ich hier auf der Schule bin, wollte mich der Konrektor noch nie sprechen.

Sofort beginnt die Klasse zu johlen.

»Oh-oh! Jasmin! Das klingt nach Strafarbeit!«

»Was hast du angestellt, Jasmin?«

»Du fliegst garantiert!«

Meine Tasche ist schwer wie ein Sack Steine, als ich sie mir über die Schulter werfe und die Klasse verlasse.

Die Sporthalle kommt mir jetzt ohne Volleyballnetz und Turngeräte hundert Mal größer vor als sonst. Mitten in der Halle stehen zwei Tische nebeneinander. Es sind die gleichen wie bei uns im Klassenzimmer. Dahinter sitzen Kooijmans und ein Polizist in Uniform. Meine Schuhsohlen quietschen, als ich auf sie zugehe.

»Ah, die Nächste!« Kooijmans wirft einen flüchtigen Blick auf sein Blatt und winkt mich zu sich. »Jasmin de Waal?« Es klingt, als wüsste er nicht, ob ich tatsächlich so heiße.

Das ist ein gutes Zeichen, rede ich mir ein, dass er meinen Namen nicht kennt.

»Setz dich.« Er zeigt auf den freien Stuhl, der ihm gegenüber steht. »Herr Scholten ist von der Polizei und möchte dir gern ein paar Fragen stellen. Reine Routine, du brauchst dir keine Sorgen zu machen. Wenn du eine Frage nicht beantworten möchtest, brauchst du das nicht. Wasser?«

Ohne meine Antwort abzuwarten, schiebt er mir eine Wasserflasche mit dem Schullogo zu. Genau diese Flaschen kriegen wir immer an Sporttagen oder bei Prüfungen. *So macht Lernen Spaß* ist in runden blauen Buchstaben darauf gedruckt. Neben diesem Motto sind grinsende Jungen und

Mädchen abgebildet, die ich nicht kenne, die niemand kennt, die wahrscheinlich nie im Leben auf unserer Schule waren.

»Jasmin de Waal«, liest der Polizist von seinem iPad ab. »Geht hier zur Schule. Stimmt das?«

Ich weiß nicht, was mich gerade mehr beeindruckt: dass er ein iPad hat oder dass er so normal, so gar nicht polizistenmäßig aussieht. Er lächelt mich an.

»Gut. Wir möchten nur ein paar Dinge von dir wissen. Ich mache es so kurz wie möglich.«

Ich rutsche auf meinem Stuhl hin und her. »Sollte nicht ein Anwalt dabei sein?«

»Hast du denn ein Geständnis abzulegen?« Er sieht mich freundlich an. Seine Augen blitzen. Wahrscheinlich hat er diese Frage schon tausend Mal gehört und sie wahrscheinlich auch jedes Mal mit demselben Scherz beantwortet.

»Du guckst zu viel Fernsehen«, sagt er. »Wir verhören dich nicht, wir wollen nur Informationen sammeln. Du kannst jederzeit gehen, wenn du willst.«

Ja, sicher. Wenn ich jetzt abhaue, ist sofort klar, dass ich alles über die Abrechnung weiß.

»Nicht?« Scholten sieht mich an. Als ob ich wirklich eine Wahl hätte. »Gut. Dann möchte ich eigentlich nur eins von dir wissen. Was kannst du mir über die Schlägerei am letzten Samstag im Wald am Westervenn erzählen?«

»Nichts«, antworte ich hastig.

»Nichts«, wiederholt er.

»Genau.«

»Du bist ja lustig.« Er lacht mich an, als hätte ich tatsächlich etwas Lustiges gesagt. »Soweit ich weiß, redet die ganze Schule über nichts anderes. Da ist es schon ungewöhnlich, dass du nichts mitgekriegt hast.«

»Das schon«, sage ich und räuspere mich, um Zeit zu gewinnen. »Aber das sind ja alles nur irgendwelche Geschichten, die ich halt gehört habe.«

»Und was sind das für Geschichten?«

Ich suche Kooijmans Blick, suche Beistand, aber sein Gesicht ist so unergründlich wie zu Beginn des Schuljahrs, wenn er die Hausordnung verliest.

»Nichts Besonderes«, sage ich. »Dass da ein Fest war, das aus dem Ruder gelaufen ist.«

»Aus dem Ruder gelaufen?« Scholten faltet die Hände und legt sein Kinn darauf ab. Einen Moment schweigt er. »Wusstest du, dass das Opfer immer noch im Krankenhaus liegt?«

Ich presse die Lippen zusammen und nicke. Der Schweiß brennt mir unter den Achseln. Ich hätte Lust, mir mit meinem Shirt Luft zuzufächeln, befürchte aber, mich damit erst recht verdächtig zu machen.

»Eine Gehirnerschütterung, drei gequetschte Rippen, eine gebrochene Nase, zugeschwollene Augen und eine massiv aufgeplatzte Lippe.« Es klingt, als würde er eine Einkaufsliste vorlesen. »Es ist noch nicht einmal sicher, ob sie heute schon aus dem Krankenhaus darf. Ziemlich heftig für eine Party, die nach deinen Worten aus dem Ruder gelaufen ist. Oder?«

Ich presse die Lippen so fest zusammen, dass es wehtut. »Hm … hm.«

Er wischt mit dem Zeigefinger über das iPad, als würde er umblättern.

»Kennst du das Opfer?«

Ich versuche, mir nicht anmerken zu lassen, wie erleichtert ich bin. Diese Frage kann ich beantworten, ohne zu lügen. »Ja. Isabel und ich haben eine Zeit lang viel zusammen unternommen.«

»Wart ihr Freundinnen?«

»Nicht wirklich.«

»Aber ihr habt Zeit miteinander verbracht?«

»Ja, eine Weile.«

»Warum jetzt nicht mehr?«

»Ich …« Muss ich jetzt erzählen, dass ich mich eigentlich nur aus Mitleid mit ihr getroffen habe? »Unsere Interessen waren zu verschieden.« Sofort bin ich wieder ganz aufmerksam. »Wir haben uns nicht gestritten oder so, aber wir sehen uns einfach nicht mehr oft.«

»Und jetzt bist du mit Jacky befreundet …« Er tippt auf sein iPad. »Jacky van Lieshout.«

»Ja.«

»Mit derselben Jacky, die Isabel bedroht hat.«

Bedroht?, denke ich. Und dann: Woher weiß er überhaupt, dass Jacky und ich befreundet sind?

Scholten sieht mich an. Sein Blick ist beinahe genauso erstaunt wie meiner. »Deinem Gesichtsausdruck nach habe ich dir gerade etwas Neues erzählt.«

»Trink ruhig mal einen Schluck Wasser«, sagt Kooijmans.

Ich schraube den Deckel von der Flasche und nehme ein paar Schlucke.

Das ist ein Trick, schießt es mir durch den Kopf. Der einzige Grund, warum sie dieses eklige, muffige Wasser hergestellt haben, ist, dass sie die Lügner von den Ehrlichen unterscheiden wollen. Nur Lügner müssen ihren trockenen Mund mit Wasser spülen, das schon jahrelang im Schulkeller lagert.

»Du wusstest also nicht, dass Jacky Isabel bedroht hat?« Scholten verschränkt seine Hände auf dem Tisch und sieht mich an.

»Ich weiß nicht, wer Ihnen das erzählt hat, aber das stimmt wirklich nicht.«

»Ach nein? Dann zitiere ich mal Jackys Twitteraccount.« Er dreht sein iPad zu mir und ich erkenne sofort das Layout von

Twitter. Er hat es die ganze Zeit vor sich liegen gehabt. »Ah, hier ist es.« Er weist auf die Mitte der Seite. »**@Isabelle9865.** Das ist Isabel. **Miese Dreckschlampe. Wenn ich dich erwische, verpasse ich dir eine. Darauf kannst du wetten.** Und darunter: **Am liebsten würde ich dir das ganze Gesicht einschlagen, so blöd wie du bist.**«

Ich beuge mich vor. Die Tweets stammen von jemandem, der sich selbst Anonymous nennt, jemand, von dem ich noch nie gehört habe. Das Profilfoto ist ganz offensichtlich von Tumblr, so ein Modelfoto von einem Mädchen mit langen roten Haaren, deren Gesicht man nicht sieht.

»Das ist nicht Jackys Account«, sage ich. »Jacky twittert unter einem ganz anderen Namen.«

Scholten sieht mich an. »Es ist trotzdem sicher, dass dies Jackys Account ist.«

»Aber das ist nicht Jackys Account«, wiederhole ich.

»Wusstest du gar nicht, dass Jacky und Isabel Streit hatten?«

»Kann keine große Sache gewesen sein«, sage ich. »Sonst hätte Jacky mir das doch erzählt.«

»Vielleicht.« Scholten nickt. »Aber vielleicht hat sie dir auch absichtlich nichts davon gesagt. Möglicherweise wollte sie dich nicht mit in den Streit hineinziehen. Oder hat dir nichts gesagt, um dich zu schützen.«

Ich drehe den Deckel wieder auf die Flasche und verpasse ihr einen Schubs.

»Das macht ihr doch öfter, oder?«, fragt er. »Euch gegenseitig schützen?«

»Wir sind Freundinnen.«

»Auch wenn das Lügen bedeutet?«

Ich fühle, wie mir alle Farbe aus dem Gesicht weicht.

»War Jacky am Samstagabend auf der Party im Wald?«

»N-nicht, dass ich wüsste.«

Sofort könnte ich mich ohrfeigen. Wieso antworte ich so ausweichend und vage? Warum sage ich nicht einfach Nein?

»Und du?«

»Was?«

»Warst du am Samstag auf der Party?«

»Nein.«

Er kneift die Augen zusammen. Er weiß, dass ich lüge, und ich weiß, dass er weiß, dass ich lüge.

Darf ich das? Solange ich nicht unter Eid stehe, tue ich doch nichts Illegales? Dafür kann man mich doch nicht einsperren?

Er sieht mich immer noch an. Unbemerkt sind wir in einen Starr-Wettstreit getreten. Ich muss ihn gewinnen. Das ist das letzte Fünkchen Glaubwürdigkeit, das mir noch bleibt. Er kann nichts beweisen. Sein Wort steht gegen meins und ich werde auf meinem beharren.

Er sieht weg.

Gewonnen, denke ich.

»Wo warst du Samstagabend?«

»Bei Jacky zu Hause.«

»Dann weißt du doch, dass sie nicht auf der Party war.«

»Ja.«

»Warum sagst du dann, dass du nicht weißt, ob sie am Samstag auf der Party war?«

Mein Brustkorb fühlt sich plötzlich so groß an wie eine Walnuss. »Weil ich die Frage nicht richtig verstanden habe.«

»Was habt ihr Samstagabend gemacht?«

»Geredet. Musik gehört.«

»Wann ist Olivia nach Hause gegangen?«

»Weiß ich nicht genau.«

»Und Hanna?«

»Später. So gegen eins.«

»Woher weiß ich eigentlich, dass Olivia und Hanna auch bei Jacky waren?« Er lacht mich an, als wäre ich sechs und nicht sechzehn. »Ich will ehrlich sein: Das war geraten. Aber dafür weiß ich etwas anderes ganz genau: Ihr vier wart auf der Party.« Er schlägt die Mappe auf, die vor ihm liegt, und dreht sie ein Stück zu mir. »Wir haben die Gästeliste.«

Ich bin zu überrumpelt, um etwas zu sagen. Sie haben was?

Noch bevor ich einen Blick darauf werfen kann, schlägt er die Mappe wieder zu und zieht sie zu sich. »Vertrauliche Informationen«, sagt er in verschwörerischem Ton.

»Wer sagt, dass ich auf der Liste stand?«

»Du.« Seine Augen glitzern wieder wie vorhin. »Denn weißt du was? Du reagierst genauso wie alle, die auf der Party waren. *Wer sagt, dass ich auf der Liste stand?«* Er beugt sich vor. »Und die, die nicht dort waren, reagieren auch alle gleich. *Welche Liste,* fragen sie. Sie haben nämlich keine Ahnung, dass es eine Gästeliste gab.« Scholten zieht eine Visitenkarte vom Stapel und kritzelt etwas auf die Rückseite. »Hör zu. Ich weiß, dass du auf der Party warst. Ich weiß genau, wer alles dort war. Daher noch einmal: Warst du auf der Party?«

»Ich ... ich möchte dazu nichts sagen.«

Ich spüre Kooijmans Blick. Ich will nur noch weg.

Mit Zeige- und Mittelfinger schiebt der Polizist mir seine Visitenkarte zu. »Hier. Für den Fall, dass dir doch noch etwas einfällt.«

10

Wenn mich früher jemand gefragt hätte, ob ich für Jacky meine Hand ins Feuer legen würde, hätte ich aus ganzem Herzen Brandwunden riskiert. Ich habe ihr mehr vertraut als mir selbst. Ich kannte sie so gut, dass ich wusste, was sie dachte, bevor sie es aussprach.

Kannte. Früher.

Ich habe keine Ahnung, wer diese Jacky ist, die anderen Mädchen über einen anonymen Twitter-Account Schläge androht. Wie konnte sie diesen Streit mit Isabel vor mir geheim halten? Und warum? Seit wann redet sie nicht mit mir über so wichtige Dinge?

Bei den Fahrradständern warten Jacky und Olivia auf mich.

»Und?« Jacky springt von ihrem Gepäckträger. »Wie ist es gelaufen? Was haben sie gefragt?«

»Nichts Besonderes.« Ich scanne den Boden nach ausgedrückten Kippen, bevor ich meine Tasche zwischen meine Füßen auf den Boden stelle. Ich habe nicht vor, auch nur irgendetwas von dem Gespräch zu erzählen. Erst wenn sie etwas sagen. »Ich habe einfach behauptet, dass ich nicht auf der Party war.«

Jacky und Olivia wechseln einen erleichterten Blick.

»Wurdet ihr auch schon befragt?«, frage ich.

»Noch nicht«, sagt Olivia. »Aber ich glaube, wir sind die Einzigen. Nick, Hanna, die Zwillinge, fast alle wurden aufgerufen.« Sie zuckt mit den Schultern. »Wahrscheinlich sind wir morgen dran.«

Jacky steckt sich eine Zigarette an. Ich hab mich immer noch nicht daran gewöhnt, dass sie ab und zu raucht. Und sie auch nicht, denke ich, als ich sehe, wie ungeschickt sie die Kippe anzündet. Jacky kneift die Augen zusammen, als der Rauch nach oben kringelt, und fängt an zu husten.

»Siehst du?«, sagte sie mit einem Piepsen in der Stimme. »Drama für nichts und wieder nichts! Du bist echt so eine Panikmacherin. Die Polizei kann uns gar nichts.« Sie tippt so ungeschickt auf die Zigarette, dass die Asche hängen bleibt. »Wollen wir? Ich hab keine Lust, noch eine ganze Stunde auf Hanna zu warten. Ich schreib ihr schnell.«

»Wir können auch zu mir gehen.« Olivia wühlt in ihrer Tasche nach ihrem Schlüssel. »Ich bin bis heute Abend alleine zu Hause.«

Ich hole tief Luft. Jetzt muss ich es sagen, bevor mich der Mut verlässt. »Ich will sechs Sekunden in dein Handy gucken, Jacky.«

»He, war ich nicht dran, mir einen Auftrag zu überlegen?« Olivia greift sich Jackys Zigarette und steckt sich ihre eigene damit an. »Beim letzten Mal musste ich mit Klamotten unter die Dusche, schon vergessen?«

»Auch gut«, sage ich. »Dann will ich halt ohne Grund in dein Handy gucken.«

Jacky greift sich reflexartig an die Jackentasche. »Warum?« Die Zigarette hängt schlaff in ihrer Hand. »Willst du das Foto von Nick in Boxershorts sehen? Kannst du. Du bist die Einzige, die es noch nicht gesehen hat. Olivia und Hanna kennen es schon längst. Ich wollte es dir heute Abend zeigen.«

Ich halte ihr die Hand hin. »Jetzt gib schon her.«

»Wieso?«

Jetzt. »Ich will checken, ob die Polizei wirklich recht hat.«

Jackys Augen werden erneut zu Schlitzen, aber dieses Mal ist nicht der Rauch schuld. »Was willst du?«

Aus dem Augenwinkel sehe ich, dass Olivia irritiert den Kopf schüttelt.

»Ich will wissen, warum du Isabel bedroht hast.«

Jackys Griff um ihre Jackentasche erschlafft. Für einen Moment sehe ich an ihrem Blick, dass sie sich ertappt fühlt, aber sie hat sich sofort wieder unter Kontrolle. »Das kann ich dir auch so erzählen. Dafür brauchst du nicht in mein Handy zu spicken.«

»Du gibst es also zu?«, frage ich.

»Wieso behauptet die Polizei solche Sachen?«

»Lenk nicht ab!?«

Olivia hat sich auf ihren Gepäckträger gesetzt und lehnt mit einem Arm auf dem Sattel. »Besser, du erzählst es einfach, Jack.«

Ich drehe mich zu Olivia um. »Du wusstest das?«

Sie verdreht die Augen. »Es war meine Idee«, sagt sie betont langsam. »Wir haben ihr zusammen gedroht.«

»Moment.« Jacky hebt die Hände. »Das klingt, als hätten wir Isabel ein Messer an die Kehle gesetzt.« Sie schüttelt den Kopf und seufzt. »Es war keine große Sache, Jasmin. Ich war sauer auf Isabel, weil sie versucht hat, Nick anzubaggern, als es zum tausendsten Mal mit Jurre aus war. Obwohl sie wusste, dass Nick und ich uns schon geküsst hatten. So etwas tut man doch nicht! Also habe ich zusammen mit Olivia diesen Fake-Account eröffnet. Als Joke, mehr nicht. Danach haben wir den Account gleich wieder gelöscht.« Sie schweigt kurz. »Hatte die Polizei Screenshots davon? Echt übertrieben, dass Isabel das sofort gespeichert hat. Lächerlich.«

Von der ganzen Flut von Neuigkeiten bleibt bei mir nur ein Satz wirklich hängen: *Also habe ich zusammen mit Olivia diesen Fake-Account eröffnet.* Ich. Olivia. Wir. Ich weiß, dass mir das jetzt egal sein sollte, dass ich es viel schlimmer finden müsste, dass sie Isabel bedroht hat, aber ich fühle mich weiter von Jacky entfernt als je zuvor.

»Ich weiß nicht mal mehr genau, was in den Tweets stand«, sagt Olivia. »So schlimm war es doch gar nicht, oder?«

»Ihr habt geschrieben, dass ihr sie zusammenschlagen und ihr die Visage polieren wolltet«, sage ich wie betäubt.

»Na also, Olivchen.« Jacky lacht trocken. »Das wäre dann ja jetzt auch erledigt. Nein, war ein Witz. Ich finde das alles wirklich schlimm für Isabel, aber wenn die Polizei glaubt, dass ich bei der Abrechnung mitgemacht habe, liegt sie komplett falsch.«

»Oder auch nicht.« Es ist raus, bevor ich es verhindern kann.

»Was?« Jacky sieht mich fragend an. Die Zigarette in ihrer Hand ist ausgegangen, weil sie zu lange nicht daran gezogen hat. »Willst du damit sagen ... Denkst du etwa, ich hätte doch mitgemacht?«

Ich weiß gar nicht mehr genau, was ich denke. »Kann sein.«

Jacky lässt die Zigarette fallen und tritt sie aus, ohne den Blick von mir abzuwenden. »Das ist keine Antwort. Glaubst du, dass ich mitgemacht habe oder nicht?«

Ich weiß es nicht. Ich weiß es wirklich nicht.

»Es wäre die perfekte Gelegenheit gewesen, dich an Isabel zu rächen.«

»Aber woher hätte ich wissen sollen, dass sich Isabel auf das Geld stürzen würde?« Jacky sieht von mir zu Olivia und wieder zurück zu mir. Sie lächelt und ändert plötzlich ihren Tonfall, so als würde sie zu einem kleinen Kind sprechen. »Jasmin, ich konnte doch gar nicht wissen, dass Isabel bei der Abrechnung dabei war. Überleg doch mal. Du versuchst, Dinge zu sehen, die nicht da sind. Das ist alles Zufall.«

Ich beiße die Zähne zusammen. Sie hat recht, sie konnte unmöglich wissen, dass Isabel dabei war, und schon gar nicht, dass sie sich nach dem Geld bücken würde. Isabel wusste wahrscheinlich selber nicht, dass sie das an diesem Abend tun würde. Aber Jacky hat schon so viel gelogen, dass ich die Wahrheit nicht sicher herausfiltern kann.

»Jasmin.« Sie packt mich am Oberarm und für einen kurzen Moment ist sie wieder die Jacky von früher. Sie legt die Arme um mich, ihr Atem kitzelt mich im Ohr. Ganz leise, sodass Olivia uns nicht hören kann, flüstert sie: »Jas, echt. Du musst mir glauben. Ich bin doch deine beste Freundin.«

Mit beiden Händen umklammere ich das Waschbecken in der Toilette bei der Sporthalle. Ich fühle mich genauso, wie ich aussehe: müde und völlig ausgelaugt. Meine Locken hängen mir wie ausgedrehte Spiralen um das Gesicht. Dieser Scholten hätte nicht einmal irgendwelche trickreichen Fragetechniken anwenden müssen; dass ich etwas mit der Abrechnung zu tun habe, steht mir ins Gesicht geschrieben. Langsam wasche ich mir die Hände mit Seife, die nach künstlichen Veilchen riecht. Das warme Wasser beruhigt mich.

»Neeeein!« Der Schrei, der aus einer der WC-Kabinen kommt, lässt mich zusammenzucken. »Deem, du rätst nie, mit wem Jacky es Samstagnacht getan hat!«

Jetzt erkenne ich die etwas zu hoch geratene Stimme von Danique, der hübscheren Hälfte der Doppel-D-Zwillinge. Mit dem Ellenbogen drehe ich den Hahn zu und schüttele die Hände über dem Waschbecken trocken.

»Was?«, höre ich Demi aus der anderen Toilette sagen. »Erzähl!«

Es überrascht mich kein bisschen, dass die beiden leicht hysterisch auf der Toilette den neuesten Klatsch austauschen. Demi und Danique lassen keinen Moment aus, um zu tratschen. Es ist nicht nur so, dass das jeder weiß, ich behaupte sogar, sie sind stolz auf ihren Ruf als Lästerzwillinge. Demi und Danique vorzuwerfen, dass sie lästern, wäre, als würde man zu Kim Kardashian sagen: »He, wusstest du schon, dass du ziemlich krass Aufmerksamkeit suchst?«

»Ich hab gerade eine Nachricht gekriegt«, sagt Danique.

»Und?«

»Jacky hat es mit Nick getan. Dem Pillenschlucker.«

»Dealer, meinst du.«

Eine von beiden spült und ich sehe zu, dass ich lautlos in einer der leeren WC-Kabinen verschwinde.

»Kapierst du das? Ich verstehe absolut nicht, was sie an diesem Nick findet.« Danique.

»Na ja, er ist schon ganz knusprig.« Demi.

»Und nicht gerade vertrauenserweckend.« Kichern.

Ich höre, wie Wasser ins Waschbecken läuft und Papierhandtücher aus dem Halter gezogen werden.

»Knusprig oder nicht, möchtest du einen Freund, der dealt?«, fragt Danique. »Vor ein paar Wochen konnte Nick auf einer Party nicht mal mehr richtig geradeaus gehen. Und er hatte Schaum vor dem Mund. Echt eklig.«

»Ich dachte, Jacky wäre so gegen Drogen«, sagt Demi.

Danique lacht spöttisch. »Glaubst du, sie weiß nicht, dass Nick dealt? Ich denke, das weiß sie ganz genau. Komm, lass uns gehen.«

Die Tür nach draußen wird auf- und zugemacht, dann ist es still.

Ohne es zu merken, habe ich die ganze Zeit den Atem angehalten und drücke noch immer ein Ohr gegen die Toilettentür. Ob das wirklich stimmt? Dealt Nick mit Drogen? Ich weiß, dass Demi und Danique lästern. Aber ich weiß auch, dass in den meisten ihrer Lästereien ein wahrer Kern steckt.

Auch wenn ich Nick nicht mag, kommt er mir doch nicht wie ein Typ vor, der jede Woche eine Handvoll Pillen einwirft. Andererseits: Sind das nicht meistens genau solche Typen? Die, von denen man es am wenigsten erwartet?

Die Toilettentür öffnet sich wieder, Schritte klackern hohl über die Fliesen. Der Form halber spüle ich. Dann will ich die Tür aufsperren, aber der Drehknopf bleibt auf halber Strecke hängen. Panik kommt in mir auf. Das ist der Grund, warum ich alte Türschlösser auf Toiletten hasse: In neun von zehn Fällen haken sie irgendwo.

Ich zwinge mich selbst, tief durchzuatmen und es noch einmal zu versuchen. Doch es klappt nicht. Ich biege meinen Zeigefinger so, dass der oberste Teil sich gegen den untersten drückt, wodurch mein Finger eine Art Würfel bildet. Die andere Hand balle ich zur Faust und drücke damit von unten dagegen, um mehr Kraft zu haben. Erst habe ich das Gefühl, dass Schloss bewegt sich nicht, dann aber höre ich den erlösenden Klick und es springt auf.

Doch als ich erleichtert die Tür aufreißen will, gibt sie keinen Zentimeter nach. Habe ich jetzt etwa abgeschlossen?

Ich betrachte das Drehschloss: Es steht senkrecht. Bei so gut wie jeder Tür gilt, dass sie verschlossen ist, wenn das Schloss waagrecht steht, so ein Experte bin ich inzwischen schon.

Ich drücke mit der Schulter gegen die Tür. Sie gibt höchstens einen Zentimeter nach, aber für mich genug als Bestätigung, dass ich das Schloss tatsächlich geöffnet habe. Von der anderen Seite der Tür erklingt Geraschel und etwas, das ich auf die Schnelle nicht einordnen kann. Flüstern? Unterdrücktes Lachen?

»Hallo?«, sage ich. »Ist da jemand? Ich stecke hier irgendwie fest.«

Ich höre selbst, wie dämlich das klingt. Dann öffnet sich eine Tür und schließt sich gleich wieder. Ist es die von der Toilette mir gegenüber? Von der Toilette am Gang?

»Hallo?« Ich drücke fester gegen die Tür.

Aus den Augenwinkeln sehe ich, wie sich unter meiner Tür etwas bewegt. Es geht so schnell, dass mein Gehirn viel zu langsam ist, um zu erkennen, was es ist.

Eine Ratte.

Eine dicke, haarige Ratte läuft auf meine Füße zu.

Ich stoße einen Laut aus, der eine Mischung aus Jammern und Heulen ist. Die Ratte schießt über den Boden wie eine Kugel in einem Flipperautomat. Ihre scharfen Krallen klackern über die Fliesen. Ich drücke mit aller Kraft gegen die Tür, aber es scheint, als würde von der anderen Seite jemand dagegen drücken. Ich schlage mit der flachen Hand auf die Tür. »Hilfe! Helft mir doch!«

In Panik stelle ich einen Fuß auf die Klobrille. Zu spät erkenne ich, dass die Toilette keinen Deckel hat, den man herunterklappen kann, sodass mein Fuß auf der glatten Klobrille balanciert. Ich versuche, meinen zweiten Fuß danebenzustellen, aber genau in dem Moment, in dem er in der Luft ist, rutscht der andere ins Becken. Ich knalle mit den Schultern gegen die Wand. Mein Fuß ist bis auf die Socken von Klowasser durchtränkt.

Ich ziehe mich hoch. Die Ratte ist nicht mehr zu sehen. Ist sie unter der Trennwand hindurch ins Nachbarklo geflüchtet? In die Kanalisation zurückgekrochen, als ich gegen die Tür geschlagen habe?

Ich kenne die Geschichten, die man über die Schulratten erzählt. Es sollen Kanalratten sein, die durch die Klos in die

Schule kommen. Schon als ich gerade mal eine Woche auf der Schule war, habe ich die Horrorgeschichte eines Mädchens gehört, das auf dem Klo saß und auf einmal merkte, wie etwas Haariges an der Innenseite seiner Beine entlangstrich. Im selben Moment wurde es von der Ratte gebissen. Eine Tetanusspritze vom Arzt und eine Zehnerkarte für den Schulpsychologen waren die Folge.

Ich stampfe ein paar Mal mit meinem nassen Fuß auf dem Boden herum, um die schlimmsten Tropfen abzuschütteln. Es fehlt nicht viel und ich fange an, hysterisch zu schreien. Mit beiden Händen schlage ich gegen die Klotür. »Aufmachen! Bitte! Macht auf!«

Die Tür wird aufgerissen und ein kleines Mädchen mit Brille und einer riesigen Schultasche sieht mich erstaunt an.

»Ich ... da war ...«, stottere ich.

Das Mädchen starrt mich an, als hätte ich nicht alle Tassen im Schrank. Dann überlege ich, dass ich ihr keine Erklärung schuldig bin, und stürze aus der Toilette.

11

Die Geschichte von der Ratte in der Toilette wird in den nächsten Tagen regelrecht zur *urban legend.* Jacky erzählt es jedem, der es hören will, und jedes Mal gehen ihre Zeigefinger weiter auseinander, wenn sie demonstrieren will, wie groß die Ratte war. Bald erinnert mich die Geschichte immer mehr an das Stille-Post-Spiel, das wir früher im Kindergarten gespielt haben. Der Erste flüsterte, dass er beim Bäcker drei Brote gekauft hat, und beim Letzten war der Bäcker ein Metzger geworden und längst verstorben.

Genau so was passiert jetzt. In Deutsch haben mich ein paar aus meiner Klasse gefragt, ob ich die Ratte wirklich mit bloßen Händen festgehalten hätte.

»Wieso sollte ich?«, habe ich gefragt. »Um das Vieh besser streicheln zu können?«

Hanna hat mit den Augen gerollt und gelangweilt geseufzt.

Hanna ist großartig. Sie ist die Einzige, die wirklich zu kapieren scheint, wie schuldig ich mich seit Samstagabend fühle. Sie nervt nicht weiter rum, als ich verkünde, dass Samstag das erste und letzte Mal war, das ich bei der Abrechnung mitgemacht habe. Sie ist auch die Einzige, die sich ernsthaft dafür interessiert, was mich die Polizei alles gefragt hat. Ganz anders als Jacky und Olivia. Die können es kaum erwarten, selbst dranzukommen. Sie schließen sogar Wetten ab, wer von ihnen es länger schafft, den Mund zu halten, wenn sie sich auf ihr Schweigerecht berufen. Die Zweiteilung in unserer Clique ist deutlicher als je zuvor. Jetzt ist es nicht mehr nur Team Jasmin und Hanna gegen Team Jacky und Olivia, sondern auch: *Die, die finden, dass es aus dem Ruder gelaufen ist,* gegen *die, die finden, dass man sich auch anstellen kann.* Darum gibt es auch nur eine, der ich anvertrauen kann, was ich über Nick gehört habe.

»Han?« Wir sind auf dem Weg von Deutsch zur Cafeteria. Der Gang ist schon fast leer, weil ich absichtlich beim Taschepacken getrödelt habe. »Wenn ich dir was erzähle, versprichst du dann, es nicht weiterzuerzählen?«

Hanna sieht mich an. Schon vorhin im dämmrigen Klassenzimmer sind mir die dunklen Ringe unter ihren Augen aufgefallen, jetzt, im hellen Licht des Schulflurs stechen sie richtig hervor. Ich weiß, dass sie Angst vor dem Fotoshooting hat. Die ganze Zeit war es noch so weit weg, dass sie sich selbst vormachen konnte, es würde gar nicht stattfinden. Erst war es noch einen Monat hin. Dann drei Wochen. Zwei Wochen. Nächste Woche. Aber jetzt ist das Shooting am kommenden Samstag und es gibt keine große Zeitspanne mehr, hinter der sie sich verstecken kann.

»Okaaay?«, sagt sie. Sie dehnt das a extra lang und hängt ein Fragezeichen hinten an.

»Du musst es wirklich versprechen.«

Jetzt scheint Hanna zu merken, dass ich es ernst meine. »Was ist denn?«

»Es geht um Nick«, sage ich. »Ich habe etwas über ihn gehört.«

Wir sind bisher so langsam gegangen, dass wir inzwischen mitten im Gang stehen geblieben sind.

»Nick? Was ist denn mit ihm?«

»Er scheint ...« Ich betrachte ihr ernstes Gesicht. Wenn sie am Samstag auch nur ein einziges Foto mit diesem Gesichtsausdruck hinkriegt, besteht kein Zweifel, dass sie den Job bekommt. »Wusstest du, dass er mit Drogen dealt?«

Kurz bemerke ich, wie ein Muskel neben ihrem Mund zuckt. »Nick? Ein Dealer? Wer behauptet das denn?«

Ich schüttele den Kopf. »Kann ich nicht sagen.«

Hannas Handy piepst, eine neue Nachricht. »Fängst du jetzt auch damit an?« Sie klingt genervt. »Jacky darf nichts über die Einladung erzählen. Olivia haut von der Party ab, ohne uns ein Wort zu sagen. Es ist schön, mit euch befreundet zu sein.«

»Ich erzähle es dir schon noch, nur nicht jetzt.«

Ich versuche, ihre Aufmerksamkeit zurückzugewinnen, aber sie ist auf einmal viel zu sehr damit beschäftigt, ihre Nachrichten zu lesen.

»Ach komm, Hanna. Ich muss echt wissen, ob du glaubst, dass Nick mit Drogen dealt.«

Hanna schreibt mit dem Daumen eine Antwort. »Im Ernst jetzt?«, fragt sie, ohne aufzusehen. »Ich glaube schon, dass er auf Partys öfter mal was einwirft. Aber deshalb ist er ja nicht gleich ein Dealer.«

Ich weiß nicht, was mich mehr überrascht: dass Hanna weiß, dass Nick Drogen nimmt, oder dass sie so tut, als wäre es nichts Besonderes.

»Glaubst du, dass er am Samstag auf der Party auch was genommen hat?«

Hanna lacht und hält mir ihr Handy hin. »Guck mal, deine Rattenstory geht echt durch die ganze Schule.«

Auf dem Display sehe ich eine haarige Ratte auf einer Klobrille sitzen. Darunter steht: *Ratte sucht warmes Örtchen zum Ausruhen.*

Ich verziehe das Gesicht. »Wer schickt denn so was?«

»Ferdinand. Der ist gut in Photoshop. Er hat auch ...« Auf einmal beugt sie sich ein Stück vor und senkt die Stimme zu einem Flüstern. »Guck jetzt nicht hin. Seth kommt auf uns zu.«

Sie hat den Namen kaum ausgesprochen, als mir schon wieder abwechselnd heiß und kalt wird. Hilfe suchend packe ich Hanna am Arm, aber sie schüttelt meine Hand unauffällig wieder ab, in dem sie ihr Handy in die Tasche steckt.

Shit.

Shit!

Ich habe überhaupt keine Ahnung, wie ich mich Seth gegenüber verhalten soll. Abgesehen von der einen SMS hatten wir seit Samstag keinen Kontakt mehr. Ich weiß nicht, wie ich reagieren soll, nachdem wir vor ein paar Tagen nebeneinander im Bett lagen.

»Ich muss! Tschüss!« Und weg ist Hanna.

Ich weiß, dass sie glaubt, sie würde mir einen Gefallen tun, aber eigentlich grenzt es an Verrat, finde ich.

Seth und ich sind noch mindestens drei Klassenzimmer voneinander entfernt. Der Gang ist, abgesehen von Hanna, Seth und mir, völlig leer, deshalb hat es keinen Sinn, so zu tun, als hätte ich ihn nicht gesehen. Er begrüßt Hanna im Vorbeigehen mit einem kurzen »Hi!«, aber ich spüre, dass er zu mir hersieht. Ich tue so, als suche ich etwas in meiner Tasche.

»Suchst du was Bestimmtes?«

Ich höre seine Stimme, bevor ich ihn sehe. Wenn ich jetzt hochgucke, weiß ich genau, dass ich wie ein Pudding zusammensacke. Darum schaue ich weiter auf den Boden und wühle in meiner Tasche.

Er trägt blaue Turnschuhe, fällt mir auf. Hellblaue. Babyblaue. Die Zunge seines rechten Schuhs ist zusammengefaltet, wodurch ein Stück weiße Socke zu sehen ist. So eine halbe Socke, diese nervigen Dinger, die immer schon nach wenigen Schritten unter die Fußsohle krabbeln. Zwei Dinge, die absolut nicht zu ihm passen: das Hellblau ist viel zu kindisch und über die Socken hat er sich viel zu viele Gedanken gemacht. Eigentlich komisch, dass mir das bisher noch nie aufgefallen ist. Ich weiß genau, welches Shirt ihm am besten steht und welche Hose, aber auf seine Schuhe habe ich so gut wie noch nie geachtet. Andererseits: Wie oft schaut man überhaupt irgendwem auf die Schuhe?

Ich höre auf, in meiner Tasche zu wühlen. Der letzte Satz bleibt mir im Kopf hängen. *Wie oft schaut man überhaupt irgendwem auf die Schuhe?*

Das ist es.

Das genau ist es.

Wie oft schaut man jemandem auf die Schuhe ... es sei denn, man wird darum gebeten. Oder es sei denn, man weiß, wonach man suchen muss ...

Mein Kopf arbeitet auf Hochtouren, um eine Verbindung zwischen Nick, dem Drogendealer, und dem X auf den Chucks herzustellen. Und dann wird mir alles klar. Dass ich darauf nicht eher gekommen bin!

Stell dir vor, du bist Dealer und willst auf einer Party Pillen verkaufen. Alle tragen die gleichen Klamotten: schwarze Hose, den gleichen schwarzen Pulli, genau die gleichen Chucks. Woher sollen die Leute wissen, dass es bei dir etwas zu holen gibt? Ich meine: dass du Ecstasy zu verkaufen hast?

Genau: Durch ein unauffälliges Kennzeichen. Ein Kreuz auf deinen Schuhen zum Beispiel. Ein X, das fast niemandem auffällt.

Das X von *xtc*. Ecstasy.

»Hallo!« Seth wedelt mir mit der Hand vor dem Gesicht herum. »Alles klar?«

Ich blicke auf. Zum ersten Mal sehe ich ihn für ein paar Sekunden so, wie andere Leute ihn sehen, Leute, die nicht in ihn verliebt sind. Sein Standardblick ist eher distanziert als mysteriös, seine Augen eher wasser- als himmelblau. Sein Kragen ist ausgefranst und die Haut an seinen Wangen rau. Aus den Kopfhörern, die ihm an einem Kabel um den Pulli herumbaumeln, klingt lauter Rap.

»Jasmin?«

»Entschuldige.« Ich zwinkere ein paar Mal, als würde ich erst jetzt richtig wach werden. »Entschuldige, ich war ... Nicht so wichtig. Wie geht's?«

Er kneift die Augen zu schmalen Schlitzen zusammen, sodass das Blau beinahe schwarz wirkt.

»Bist du sicher, dass alles okay ist?«

»Wieso?«

Seth lacht sein tödliches Lachen. »Wieso? Du bist schließlich von einer Ratte gebissen worden!«

»Was?« Auch wenn es ein Witz auf meine Kosten ist, muss ich lachen. »Wird jetzt schon erzählt, dass ich gebissen wurde?«

Seth hält seine Hand einen Meter über den Boden. »Das Vieh war mindestens so groß wie ein Hund, habe ich gehört.«

Automatisch registriere ich die Schrammen an seinen Fingerknöcheln. Sie sind verkrustet und nicht mehr ganz so rot wie am Samstag. Die Schramme auf seinem Handrücken ist noch deutlich zu sehen, aber ich kann sie jetzt angucken, ohne gleich schmerzhaft das Gesicht zu verziehen.

Als Seth meinen Blick auf seine Hand bemerkt, lässt er sie tief in der Tasche seines Hoodys verschwinden. »Okay, ich muss dann mal weiter.«

»Nein, warte.«

Die Musik aus seinen Kopfhörern schweigt für einen Moment, bevor eine hohe Frauenstimme ertönt, die singt oder kreischt oder beides gleichzeitig.

»Weißt du ... Kann ich ...« Ich unterbreche mich selbst, weil die drei Buchstaben in meinem Kopf so grell aufleuchten wie eine Neonlampe und ich den Rest des Satzes nicht mehr sehen kann. Ich weiß, es ist ein dürftiger Anknüpfungspunkt, aber irgendwo muss ich anfangen. Wenn ich erst einen Beweis dafür habe, dass Nick mit Drogen dealt, dass er derjenige mit dem X auf den Schuhen war, dann weiß ich auch, dass er Isabel noch getreten hat, als sie schon am Boden lag ...

»Ja?« Seth betrachtet mich mit einem spöttischen Lächeln. »Sprich.«

Ich hole tief Luft. »Weißt du, woran man Dealer erkennt?«

Das spöttische Lächeln wird zu einem breiten Grinsen. »Dealer?« Seth lacht laut. »Wovon sprichst du? Warum willst du das wissen?«

Wir haben zufällig im Unterricht darüber geredet.

Ich halte ein Referat zu dem Thema.

Einfach so. Ist mir – buff – gerade eben so eingefallen.

Ich betrachte ihn schweigend. Egal, was ich jetzt sage, es kann alles nur noch schlimmer machen.

»Suchst du etwa einen Nebenjob als Dealer?«

Ich zucke die Achseln. »Es ist einfach nur so eine Frage. Jacky hat mir erzählt, dass die Drogen auf der Party am Samstag umsonst waren. Da habe ich mir überlegt, dass das doch irgendwie komisch ist. Wie soll man denn in einer Meute von Leuten, die alle komplett gleich aussehen, einen Dealer finden?«

So weit meine Karriere als investigative Ermittlerin. Ich glaube meinem unzusammenhängenden Gestammel selbst kaum und Seth habe ich damit bestimmt erst recht nicht überzeugt.

Im ersten Moment denke ich, dass er noch lauter lachen will, dieses Mal direkt in mein Gesicht, aber dann sagt er: »Hast du schon mal am helllichten Tag Typen mit Kapuze herumlaufen sehen? Am Bahnhof oder anderen öffentlichen Orten? In neun von zehn Fällen sind sie daran zu erkennen.«

»Echt?«

Seth nickt.

»Aber auf der Party hatten alle eine Kapuze auf.«

»Tja.« Ich merke, dass ihm das alles ziemlich egal ist. »Dann hat man ihn vielleicht an irgendetwas anderem erkannt. An einer Pillenkette um den Hals oder was weiß ich.«

»Oder an einem Kreuz auf seinem Schuh?« Statt cool klinge ich einfach nur ungeduldig.

Seth packt mich sanft am Oberarm. Ich sehe ihm am Gesicht an, dass er sich große Mühe gibt, mich ernst zu nehmen.

»Was willst du eigentlich wirklich wissen, Jasmin?«

Wäre dies ein schlechter Roman, würde ich jetzt denken, dass ich in seinen Augen zu ertrinken drohe. Aber es ist alles andere als das. Ich kriege keine Atemnot, gerate nicht in Panik, habe nicht das Bedürfnis, nach Luft zu schnappen oder zu verschwinden. Ich bin ganz ruhig, fühle mich gut, will nichts anderes als stehen bleiben.

»Jetzt sag schon«, wiederholt er, dieses Mal sanfter und schnipst mir einen angeblichen Fussel von der Schulter. »Im Ernst, Jasmin, wieso interessierst du dich auf einmal so für Dealer?«

Weil ich nicht einfach zu Nick gehen und fragen kann: »Sag mal, Nick, jobbst du abends und am Wochenende als Dealer?«

Ich sehe über seine Schulter den Gang hinunter. »Nur so.«

Er schüttelt den Kopf. »Du bist echt völlig verpeilt, oder? Am Samstag machst du, ohne groß darüber nachzudenken, bei der Abrechnung mit und heute interessierst du dich auf einmal für Drogendealer.« Er legt mir kurz die Hand auf die Schulter. »Von wem sollst du das fragen?«

Von wem? Glaubt er, ich decke jemanden?

Ich sehe ihn an. Es ist nicht seine Augenfarbe, sondern die Vertrautheit, die ich darin sehe, die mich alle Vorsicht vergessen lässt. Vielleicht ist die Frage auch gar nicht, ob ich Seth trauen kann, sondern, wem ich sonst vertrauen sollte. Hanna, die es wenig zu interessieren scheint, dass Nick vielleicht dealt? Jacky, die so in ihn verknallt ist, dass sie alles an ihm toll findet? Olivia, die nicht einmal weiß, wie ich wirklich über sie denke?

Meine Stimme ist so leise, dass sich Seth vorbeugen muss, um mich zu hören. »Es geht um Nick. Ich ...«

Ich kneife die Augen zusammen. Hoffentlich gerade lange genug, um Seth davon zu überzeugen, dass ich es in der Tat nicht für mich selbst herausfinden will.

»Ich muss wissen, ob Nick mit Drogen dealt.«

12

»Was gucken wir? *Vampire Diaries* oder *Pretty Little Liars?* Ich sag es euch gleich: Wer *Pretty Little Liars* nicht sehen will, kann gerne irgendwas alleine unternehmen.« Olivia tippt eifrig mit den Fingern einer Hand auf der Tastatur herum, während sie sich mit der anderen Hand ein paar grüne Oliven nimmt.

Olivia ist die Einzige, die ich kenne, die die Dinger wirklich mag. Was das betrifft, hätte sie sich keinen besseren Namen wünschen können. »Weicheier«, hat sie gesagt, als ich zum ersten Mal eine Olive probiert und nach drei Mal kauen wieder auf meine Hand gespuckt hatte.

Heute hat Olivias Mutter Häppchen für uns vorbereitet. Das tut sie manchmal. Auf einer kleinen silbernen Schale liegen kleine Ziegenkäsehappen in hauchdünnen Schinken gerollt, daneben Kümmelkäsewürfel mit einem Klecks Marmelade.

»Ich bin für *Pretty Little Liars*. Ihr doch auch, oder?« Jacky liegt auf dem Bett und schaut in die Runde.

Hanna und ich sitzen in einem riesigen Sessel, die Füße auf dem Bett. Olivias Zimmer ist noch größer als Jackys. Es hat zwar kein eigenes Bad, aber dafür einen riesigen Balkon, auf dem im letzten Sommer eine Hängematte hing. Die Wand über ihrem Bett schmücken dicke vergoldete Rahmen mit Postern, die New York vor hundert Jahren zeigen.

»Logo!«, sage ich. »*Vampire Diaries* wird sowieso langsam langweilig. Hanna?«

Hanna nickt, starrt aber wie gebannt auf ihr Handy.

»Hast du einen geheimen Verehrer, von dem wir nichts wissen?« Jacky schubst Hanna mit den Zehen an. »Du hängst schon den ganzen Abend am Handy. Jetzt sag doch, mit wem du dir schreibst?«

Hanna sieht auf. Ganz offensichtlich hat sie seit heute Mittag nicht mehr in den Spiegel geguckt, sonst hätte sie längst etwas gegen den zotteligen Pferdeschwanz getan.

»Wir können auch einen Krimi gucken.« Olivia dreht sich zu uns um. »Vielleicht können wir uns da noch ein paar Tricks abschauen, Jacky, für den Fall, dass wir noch mal von der Polizei verhört werden.«

»Bitte nicht«, stöhnt Jacky. »Wenn ich nur an heute Nachmittag denke, fange ich schon an zu gähnen. Hat euch dieser Scholten nicht auch total wahnsinnig gemacht?«

Ich war heute Mittag schon weg, als die Polizei noch einmal in die Schule kam, um wieder Schüler zu befragen. Dieses Mal waren Jacky und Olivia dran. Olivia behauptet steif und fest, sie habe nichts als einsilbige Antworten gegeben: ja, nein, nie, tja, bis Scholten sie nach ein paar Minuten genervt weggeschickt habe.

»Fürchterlicher Typ.« Jacky macht sich einen hohen Zopf. »Er hat immer wieder mit diesen Tweets angefangen, die ich Isabel geschickt habe. *Ich weiß, dass du es warst, Jacky. Ich habe Beweise dafür, dass du es warst, Jacky.«* Sie verdreht die Augen. »Jaja. Soweit ich weiß, steht immer noch Isabels Wort gegen meins, und ich habe nicht vor, irgendetwas zuzugeben.«

»Und selbst wenn«, stimmt Olivia ihr zu. »Selbst wenn sie tatsächlich beweisen können, dass es dein Account war. Deshalb hast du noch längst nicht bei der Abrechnung mitgemacht.«

Sofort zieht sich mir wieder der Magen zusammen. Beim

Abendessen hat meine Mutter erzählt, dass wahrscheinlich mehrere Operationen nötig sein werden, bis Isabels Nase wieder gerade ist, und dass man abwarten muss, ob überhaupt alles wieder so wird wie früher. Als ich diese Neuigkeit vorhin den anderen erzählt habe, kamen ziemlich maue Reaktionen. Oh. Na ja. Ist doch schön, dass sie wieder nach Hause darf, oder?

»Wie auch immer«, sagt Jacky. »Die Polizei findet sowieso nicht raus, wer bei der Abrechnung dabei war. Wenn wir es nicht wissen, kommen die erst recht nicht dahinter.« Sie beugt sich vor und schlägt mir mit der flachen Hand etwas zu heftig auf den Oberschenkel. »Bisher wissen wir nur, dass diese coole Braut hier mitgemacht hat.«

»Au!«

»Das hat Isabel am Samstag auch gerufen«, sagt Olivia.

Jacky und Olivia beginnen zu lachen, so wie man lacht, wenn es eigentlich nicht erlaubt ist: mit einem tiefen O und der Hand vor dem Mund.

Mein Magen zieht sich noch weiter zusammen. »Sehr witzig«, sage ich.

Jacky nimmt einen Käsewürfel aus der Schale und beißt hinein. Sofort verzieht sie das Gesicht. »Igitt! Dieser Käse ist verdorben! Seht doch, er hat überall Schimmelflecken!«

Olivia unterdrückt ein Seufzen. »Das gehört doch so.«

»So eklig?« Jacky dreht sich zu mir um und hält mir den Käse hin. Ein kleines Stückchen fehlt.

»Aber Ratten lieben doch Käse, oder, Jasmin?« Ich sehe Olivia am Gesicht an, wie originell sie sich findet, weil ihr dieser Witz eingefallen ist. »Sechs Sekunden. Kau sechs Sekunden auf diesem extrem leckeren Stück Käse herum.«

»Nein danke«, sage ich und hebe kurz die Mundwinkel. »Da kaue ich doch noch lieber Rattengift.«

Jacky lacht laut auf. »Und darum lieben wir dich. Hier.« Sie bricht das Stück mit ihrem Zahnabdruck ab und öffnet die Hand. »Wenn du das nicht runterkriegst, ist es echt voll peinlich.«

Ich sinke tiefer in den Sessel und stöhne.

»Jetzt mach kein Theater. Hanna, filmst du?«

Hanna wirft die Beine über die Sessellehne und hält ihr Handy hoch.

Jacky packt meine rechte Hand und legt mir das Käsestück mit der Marmeladenseite auf die Handfläche. Ich hasse es, wie sie schon wieder eine Front mit Olivia bildet. Olivia braucht nur zu sagen »Spring!« und Jacky antwortet: »Wie hoch?«

»Und alles runterschlucken, klar?«, sagt sie.

Hanna steckt drei Finger in die Luft und zählt herunter. »Ekliger alter Schimmelkäse, Klappe eins. Go.«

Ich betrachte den Käse in meiner Hand und die rote Marmelade, die mir an der Haut klebt. Es riecht nach etwas, was viel zu lange in einem feuchten Keller vor sich hin gegammelt hat. Ich werfe einen bewusst bösen Blick in die Kamera und schiebe mir die Hand an den Mund.

»Eins …«

Ich zermahle den Käsewürfel in kleinere Stückchen und versuche, den Geruch nach toten Ratten in meinem Mund zu ignorieren.

»… zwei, drei …«

Nicht mal die Marmelade schmeckt. Es ist, als würde man Sahne und Hering kombinieren, allerdings Hering, der so widerlich schmeckt wie dieser Käse.

»… vier. Fünf …«

Denk an etwas Leckeres. Schokolade. Würstchen mit extra viel Senf. Pizza Hawaii. Paprikachips.

»… sechs! Streck die Zunge raus.«

Ich schlucke den letzten Rest Käse hinunter und strecke die Zunge raus.

»Passt.« Hanna verzieht das Gesicht.

Olivia wirft mir eine Flasche Wasser zu. »Gut nachspülen, sonst verschwinden in Zukunft alle Jungs mitten in der Nacht aus deinem Bett.«

An ihrem Grinsen kann ich sehen, dass dies nicht der erste Spruch über Seth und mich ist, den sie gemacht hat. Ich spüre, wie ich kreidebleich werde und das Blut gleich darauf in einem Schlag zurückfließt. Warum fällt mir jetzt bloß nichts ein, das ihr ein für alle Mal das Maul stopft?

»Ach komm, war nur ein Witz«, sagt sie schließlich. »Ich hab gehört, dass Seth das auch ziemlich doof fand. Aber er hatte keine Lust auf einen Dreier. Das heißt, eigentlich ...« Olivia nickt in Jackys Richtung. »... hast du es ihr zu verdanken, dass Seth mitten in der Nacht abgehauen ist. Wenn Jacky einfach bei Nick geblieben wäre, wäre Seth nicht so früh gegangen.«

»Ich bin doch erst um halb sechs gekommen«, sagt Jacky.

»Hast du Seth eigentlich vorher geküsst?« Alle Blicke wandern zu Hanna. Sie richtet sich auf und setzt sich auf ihre Beine. »Ich hab kapiert, dass du eine ganze Nacht neben ihm gelegen hast, aber habt ihr euch auch mal geküsst?«

Ich schüttele schnell den Kopf. Müssen wir jetzt wirklich darüber reden? »Nein.«

»Aber du würdest gern.«

»Natürlich würde sie gern!«, ruft Jacky. »Wenn Jasmin die Wahl zwischen tausend Euro und einem Kuss von Seth hätte, würde sie sofort sagen: ›Behalt dein Geld!‹«

Ich lache. »Ach ja?«

»Ja sicher, oder? Ehrlich.« Sie hält ihre linke Hand mit der Handfläche nach oben in die Luft. »Seth.« Jetzt hält sie die rechte Hand etwas höher. »Oder tausend Euro. Entscheide dich.«

Ich murmele etwas in mich hinein, als ich mit dem Fuß gegen ihre linke Hand tippe.

»So kenne ich meine Jasmin«, sagt Jacky und schnalzt mit der Zunge. Dann zu mir: »Ich verstehe das. Er ist zwar manchmal ein bisschen distanziert, aber man kann ihm auf jeden Fall vertrauen.«

Als ich Seth heute Nachmittag kurz erklärt hatte, warum ich wissen wollte, ob Nick mit Drogen dealt, hat er fast nichts gesagt. Ich hatte ihm zwar von dem X auf den Chucks erzählt, aber nicht, dass ich Nick nicht leiden kann und eigentlich auch noch nie leiden konnte. Seth hat gesagt, dass er versucht, etwas herauszufinden, und dass er mir Bescheid gibt, sobald er etwas weiß. Er hat nicht gesagt, wie er es herausfinden will, und ich habe auch nicht gefragt. Ich hatte das Gefühl, er macht sich ernsthaft Sorgen um mich, denn ich musste ihm drei Mal versprechen, dass das Ecstasy nicht für mich selbst war und dass ich nie, nie, aber auch wirklich nie *xtc* oder irgendwelches anderes Zeug nehmen würde. Und als wir zusammen von der Schule zu den Fahrradständern gingen, lief er ganz nah hinter mir, als ob er mich vor allem und jedem beschützen wollte.

Neben mir erklingt das Geräusch einer hereinkommenden SMS.

»Dinosaurieralarm«, kreischt Jacky.

Ich ignoriere sie und klappe mein Handy auf. Noch bevor ich die Nachricht gesehen habe, weiß ich schon, dass sie von Seth ist. Ich spüre es einfach.

Kannst du rauskommen? Jetzt? Ich stehe vor Olivias Haus.

Der Knoten, den ich seit vorhin im Bauch habe, verwandelt sich mit einem Schlag in Millionen Schmetterlinge, die durcheinanderfliegen. Das ist das Schlimme am Verliebtsein. Es ist wie mit Heulkrämpfen: Wenn man versucht, sie zu unterdrücken, wird es nur noch schlimmer.

Ich klappe mein Handy zusammen und stehe auf. »Ich bin gleich wieder da.«

Draußen steht Seth mit seinem Mofa am Zaun.

»Was für ein Kasten«, sagt er, als er mich kommen sieht. »Haben die auch einen Butler?«

»Und einen Gärtner und ein Au-Pair.«

Der Zaun knirscht und knarzt, wie es sich für einen alten Zaun gehört, als ich das Tor hinter mir zuziehe.

»Echt?«

Ich runzele die Stirn und grinse ihn an. »Ach Quatsch. Was sollen sie denn mit einem Au-Pair anfangen? Olivia wird nächsten Monat siebzehn.«

Seth zuckt die Achseln und verkriecht sich noch tiefer in seiner dicken Jacke. Ich wünschte, ich hätte meine auch angezogen. Es ist viel zum kalt, um im Pulli draußen herumzustehen.

Unsicher verharre ich ein Stück von Seths Mofa entfernt. Es ist ein hässliches altes Ding mit einem verschlissenen Sattel und abgeschrammtem Lack. Die hintere Radkappe hat eine andere Farbe als die vordere, als ob beim Besprühen plötzlich die Farbdose leer gewesen wäre. Am Lenker baumelt ein Helm mit einem heftigen Kratzer im Visier.

»Also«, sage ich schließlich und rubbele mir mit den Händen den Oberkörper warm. »Du hast etwas herausgefunden?«

»Jetzt komm erst mal her. Du musst ja schrecklich frieren.«

Seth dreht sich auf dem Sattel herum und winkt mich zu sich. Zögernd schiebe ich mich vor, bis mein Oberschenkel den Sattel berührt. Er lacht, als er sieht, dass meine Lippen vor Kälte zittern.

»Noch näher«, sagt er.

Ich komme noch ein paar Zentimeter dichter heran. Jetzt stehe ich so nah vor ihm, dass sich unsere Wangen beinahe berühren. Noch nie bin ich ihm so nah gewesen.

Vorsichtig legt er mir die Hände auf den Rücken und reibt darüber.

Das kalte Leder seiner Handschuhe fühlt sich noch kälter an als die Luft, aber ich sage nichts. Wenn ich jetzt einen Witz machen würde, dann nur, um meine Verlegenheit wegzulachen. Diese liebe, fürsorgliche Seite kenne ich gar nicht an Seth. So ist er nur, wenn ich abends im Bett über ihn nachdenke. Dann hoffe ich immer, dass er so ist.

Ich höre seinen Herzschlag an seinem Hals. Bilde ich es mir ein oder schlägt sein Herz schneller als normal?

Vorsichtig ziehe ich den Kopf etwas zurück und sehe ihn an. Mein Gesicht ist jetzt ganz nah bei seinem. Ich spüre seinen warmen Atem an meiner Oberlippe. Für einen Moment denke ich, dass er mich küssen will, aber dann sagt er, ohne den Mund mehr als einen Zentimeter von meinem wegzuziehen: »Ich glaube, man kann Nick tatsächlich nicht trauen.«

Erstaunt ziehe ich den Kopf noch ein Stück weiter zurück. Dann zwinkere ich kurz, als ob ich gerade wach werden würde. »Was meinst du?«

»Er ist am Samstag die ganze Nacht auf WhatsApp online gewesen.«

Seth sieht mich an. Sein Blick ist fest.

»Und das heißt was?«, frage ich.

Er sieht mich die ganze Zeit an.

Ich verstehe immer noch nicht, was an der Tatsache, dass Nick am Samstag die ganze Nacht auf WhatsApp war, so besonders sein soll. Aber dann kapier ich es plötzlich doch. »Wieso hatte er ein Handy dabei?« Und dann noch mal. »Shit. Wieso hatte er auf der Party ein Handy dabei?«

Seth nickt langsam. »Genau das meine ich.«

Ich versuche, die Information so schnell wie möglich zu verarbeiten. Nick hatte auf der Party ein Handy dabei. Wenn er sich nicht an diese Regeln gehalten hat, wer sagt dann, dass er die anderen befolgt hat? Die Regel von der Abrechnung, zum Beispiel.

»Woher weißt du das mit dem Handy?«

»Kann ich nicht sagen.«

»Von Nick selbst?«

Seth zieht mich kurz an sich. Ich sehe ihm im Gesicht an, dass er mit sich ringt.

»Ich kann es dir wirklich nicht sagen. Aber wenn du willst, kann ich immer noch für dich herausfinden, ob Nick auch mit Ecstasy dealt.«

»Ja«, sage ich, während ich im Kopf eine Erklärung nach der anderen durchgehe.

»Wie ist er bloß mit dem Handy an den Gatekeepern vorbeigekommen ...?« Ich verstumme.

Seth weiß schon, was ich sagen will, bevor ich die Worte dafür finde. »Das geht nur, wenn er die Gatekeeper kennt.«

In Seths Stimme schwingt etwas mit, das ich nicht richtig greifen kann. Erstaunen. Entsetzen. Angst.

»Glaubst du, er gehört zu denen, die die Party organisieren?«

»Wenn ja, musst du auf jeden Fall vorsichtig sein.«

Ein lautes quietschendes Geräusch schreckt mich auf. Als ich mich umdrehe, sehe ich Jacky, die gerade das Gartentor öffnet. Sie hält meine Jacke in den Händen. Mein Schal, den ich in den Ärmel gesteckt hatte, schleift über den Boden.

»Ich dachte, du frierst vielleicht«, sagt sie und kommt auf uns zu.

»Danke, Jack.« Ich wage es kaum, sie anzusehen, als ich ihr die Jacke abnehme. Wie viel hat sie gehört? Wie viel weiß sie sowieso schon?

»Bist du zufällig hier, Seth?« Jacky verschränkt die Arme vor der Brust, um sich gegen die Kälte zu schützen. Ich sehe ihr an der Haltung an, dass sie nicht vorhat, gleich wieder zu verschwinden.

»Ich wollte Jasmin etwas sagen.«

Irgendwie bin ich erleichtert, dass Seth nicht so gut lügen kann.

»Ach ja? Was denn? Darf ich es auch wissen?«

Seth und ich wechseln einen schnellen Blick.

Ich habe zwei Möglichkeiten: meiner besten Freundin ins Gesicht zu lügen und so zu tun, als hätten wir nicht über ihren Freund geredet, oder keine Geheimnisse vor ihr zu haben, wie wir es uns mal versprochen haben. Ich entscheide mich, sie direkt zu fragen.

»Hatte Nick am Samstag auf der Party ein Handy dabei?«

Jacky runzelt die Stirn. Sie wirkt gar nicht besonders erstaunt, dass ich sie das frage. »Wieso?«

»Wieso« ist ein verkapptes »Ja«. Wer nichts zu verbergen hat, vertut seine Zeit nicht mit Details und streitet sofort alles ab. »Wieso?« oder »Warum willst du das wissen?« zu fragen, ist nichts anders als ein Versuch, Zeit zu gewinnen.

»Weil Nick den ganzen Samstagabend online war.«

»Sagt wer?«

»Hatte Nick also ein Handy dabei oder nicht?«, zicke ich zurück.

Jacky schürzt die Unterlippe und zieht übertrieben die Schultern hoch. »Nicht, dass ich wüsste.«

Ich kenne diese Jacky, die alles dafür tun würde, die Menschen, die sie liebt, zu beschützen, auch wenn sie es besser weiß, auch wenn sie weiß, dass es falsch ist. Früher war ich mal diejenige, die sie bis zum letzten Atemzug verteidigt hätte.

»Du weißt also auch nicht, dass Nick am Samstag von seinem Handy aus den Krankenwagen gerufen hat?«, sagt Seth scharf.

Ich starre ihn an. Diese Info hatte ich auch noch nicht.

Seth sieht immer noch Jacky an. »Dann leugne es eben. Sag einfach, dass du nichts weißt.«

Jacky kneift die Augen zu schmalen Schlitzen zusammen und sieht Seth wütend an. Dann dreht sie sich mit einem Ruck zu mir um. »Ich dachte, du hörst damit auf! Warum willst du denn unbedingt wissen, was Samstagnacht genau passiert ist?«

Vor Schreck mache ich einen Schritt nach hinten. Wie nebenbei registriere ich, dass mir Seth schützend die Hand auf den Rücken legt.

»Mal angenommen, Nick hätte wirklich ein Handy dabeigehabt, was dann? Wofür ist das wichtig? Und mal angenommen, er hätte tatsächlich damit den Krankenwagen gerufen … Macht ihn das zu einem guten oder zu einem schlechten Menschen?« Jacky spricht immer schneller. Aus ihren Worten sprudelt eine Wut hoch, die schon länger in ihr gebrodelt zu haben scheint. »Ich weiß nicht, ob du es blickst, aber du bist die Einzige, die am Samstag wirklich einen Fehler begangen hat. Du hast bei der Abrechnung mitgemacht.«

Noch vor einer halben Stunde hat sie dasselbe schon mal zu mir gesagt, jetzt aber ist alle Bewunderung weg.

»Vielleicht solltest du einfach mal aufhören, verzweifelt nach anderen Leuten zu suchen, auf die du deine Schuldgefühle abwälzen kannst. Passiert ist passiert, fertig. Schlimm für Isabel, aber die kommt schon wieder auf die Beine.«

Mir brennen Tränen in den Augen. »Hörst du dir eigentlich zu? Isabel muss wer weiß wie oft an der Nase operiert werden.«

Jacky verdreht die Augen. »In Amerika kriegen die Mädchen Nasenoperationen zum sechzehnten Geburtstag geschenkt. Echt jetzt, Jasmin. Das ist doch nicht so wild.«

Ich beiße mir von innen in die Wange. Wenn Seth nicht hier wäre, wäre ich aus Frust schon längst in Tränen ausgebrochen. Ich kapier nicht, dass Jacky so kalt und gefühllos sein kann. Schnell wische ich mir eine einzelne Träne aus dem Augenwinkel.

»Das Einzige, was ich von dir höre, ist, dass ich mich nicht so anstellen soll«, sage ich. »Tja, tut mir leid, aber ich finde es ganz furchtbar, was mit Isabel passiert ist.«

»Dann zeig dich halt selbst bei der Polizei an, Jasmin.« Jacky seufzt erschöpft. »Meinen Segen hast du. Aber lass mich und Nick bei deiner Hexenjagd aus dem Spiel.«

Ich fasse es nicht. Ist das dieselbe Freundin, der ich alles erzählen konnte, die geschworen hat, mich niemals zu verraten, die immer auf meiner Seite war?

Ich spüre, wie Seth mich mit sanfter Gewalt weiter zurückzieht, näher zu sich heran.

Jacky hebt die Brauen und dreht sich um. »Dann bis morgen«, sagt sie und verschwindet.

13

Am nächsten Tag sehe ich Jacky nicht. Es ist ein Mittwoch, da habe ich immer nur vier Stunden, die erste davon eigentlich mit Jacky zusammen. Aber ich habe in der zweiten Stunde eine Entschuldigung abgegeben, in der ich in der Handschrift meiner Mutter erklärte, dass ich verschlafen habe.

Meiner Mutter habe ich erzählt, die erste Stunde würde ausfallen.

Sie hat kurz auf meinen Stundenplan geschaut, der neben Floors am Küchenschrank hängt, und weiter nichts dazu gesagt. »Willst du Tee?«

Und weil ich weiß, wie schrecklich sie es findet, dass ich morgens fast immer ohne Frühstück in die Schule gehe, habe ich mich an den Küchentisch gesetzt.

Sie stellte einen großen Becher Kindertee vor mich: Tee mit Erdbeergeschmack, viel Milch und noch mehr Zucker, genauso, wie ich ihn als Kind immer getrunken hatte. Ich protestierte nicht, als sie neben den Becher ein Stück selbst gebackenen Kuchen legte.

»Schlecht geschlafen?«

Sie sah mich so besorgt an, dass ich beinahe lachen musste. Meine Mutter schläft seit der Scheidung mit Schlaftabletten, ihre Augen sind den ganzen Tag so verschleiert, als wäre sie gerade erst aufgewacht, und ausgerechnet sie fragt mich, ob ich gut geschlafen habe? Ich biss ein großes Stück Kuchen ab. Er schmeckte nach Zimt und Rosinen und Kindheit.

»Super, Mama.«

Ihre Hand suchte meine. Seit der Trennung hatte sie es nicht mehr so mit Berührungen. Ich weiß nicht mehr genau, wann sie damit aufgehört hat, mir einen Kuss zu geben, wenn ich zur Schule ging. Oder hatte sie damit aufgehört, weil ich immer wieder und weiter den Kopf weggedreht hatte? Gab ich ihr die Schuld an etwas, für das ich den Anstoß gegeben hatte?

Die Müdigkeit hatte sich in meinem ganzen Körper ausgebreitet. Seit gestern war mir der Streit mit Jacky nicht mehr aus dem Kopf gegangen.

Jacky und ich hatten uns schon öfter gestritten. Wenn man jemanden schon sein ganzes Leben lang kennt, so wie Jacky und ich es tun, dann kennt man den anderen besser als sich selbst. Man hat keine Angst mehr, sich die Wahrheit ins Gesicht zu sagen, weil man weiß, dass danach alles wieder in Ordnung kommt. Aber nie zuvor hat sie so desinteressiert getan. Heute Nacht im Bett bin ich unseren Streit immer und immer wieder durchgegangen und hab mir tausend Variationen überlegt. Ich hätte wegen des Handys weiterfragen müssen. Ich hätte sie mit ihren eigenen Worten über Freundinnen und Freunde in die Enge treiben sollen. Hätte sie dazu bringen müssen zuzugeben, dass ich ohne ihr Drängen niemals bei der Abrechnung mitgemacht hätte.

Hätte. Hätte. Hätte.

Manche Worte haben Widerhaken. Sie knallen in dich hinein und bleiben für den Rest deines Lebens dort hängen. War ich wirklich so erbärmlich? Ein Weichei, das sich sofort in die Opferrolle verkriecht und herumheult, wie ungerecht alles ist?

Ich war nicht weitergekommen, und zwar bis zum Morgen nicht. Meine Gedanken drehten sich weiter, immer im Kreis.

Würde. Würde. Würde.

Die Hand meiner Mutter lag immer noch auf meiner, als ich in wenigen Schlucken den lauwarmen Tee hinunterspülte. Ich spürte, dass sie etwas sagen wollte.

»Jetzt spuck es schon aus, Mama.«

Sie sah mich mit stumpfem Blick an. »Es ist nichts. Aber das Bild von Isabel in der Notaufnahme geht mir nicht aus dem Kopf. Ich habe heute Nacht wieder davon geträumt.«

In Gedanken überlegte ich blitzschnell, wie eine Jasmin, die Isabel zur Hilfe gekommen wäre, jetzt reagieren würde.

»Ging es ihr wirklich so schlecht, Mama?«

Meine Mutter starrte auf meine Hand. Ich denke, sie hatte für einen Moment vor, ihre Antwort zu beschönigen, beschloss dann aber doch, es nicht zu tun.

»Es war, als ob sie gar nicht mehr Isabel war.«

»Jasmin.« Isabels Mutter blickt mich erstaunt an, als sie die Haustür öffnet. »Das ist aber lange her.«

Sie sieht noch genauso aus, wie ich sie in Erinnerung habe, mit ihrer uralten verschlissenen Jogginghose und ihrem Polohemd vom Discounter. Ihre blonden Locken sind noch genauso herausgewachsen und fusselig wie damals.

»Möchtest du Isabel besuchen?«

Ich ignoriere den Widerwillen, der sich wie eine schwarze Decke auf mich legt. Auf der Fahrt hierher wollte ich schon hundert Mal umkehren, aber es war, als hätte mich eine unsichtbare Hand angeschoben, immer weiter in die Höhle des Löwen. Ich musste wissen, was sich hinter der nächsten Tür verbarg. Ich musste mit eigenen Augen sehen, wie schlimm es war, bevor die Fantasie mit mir durchging.

»Ich weiß nicht, ob Isabel Besuch möchte ...« Ihre Mutter steht immer noch zur Hälfte hinter der Tür verborgen. Sie braucht nicht extra auszusprechen, dass sie mit »Besuch« genau genommen mich meint. »Einen Moment«, sagte sie und lässt die Tür einen Spalt weit offen.

Durch das Milchglas beobachte ich, wie die Silhouette von Isabels Mutter die Treppe hinaufgeht.

Für sie muss es auch komisch sein, dass ich plötzlich wieder vor ihrer Tür stehe. Vor nicht mal einem halben Jahr war ich hier Kind im Haus und kam ohne Ankündigung durch die Hintertür hinein. Wenn ich mitessen wollte, ging das, auch wenn es halb sechs war und Isabels Mutter eigentlich nicht mit mir gerechnet hatte. Meine eigene Mutter schickt jeden nach Hause, der sich bis zum Einkaufen nicht angemeldet hat, Isabels Mutter war viel unkomplizierter. Da wurden zwei Schnitzel in drei gleiche Stücke geteilt und wir bekamen mehr Nachtisch, damit wir satt wurden. »Ist doch gesellig«, sagte sie immer und meinte es auch so.

Ich sehe, dass sich Isabels Mutter mitten auf der Treppe wieder umdreht. Kurz darauf wird die Tür weit aufgerissen. »Du kennst den Weg noch, nehme ich an?«

Als ich die schmale Treppe mit dem grünen Kurzhaar-Teppich hinaufgehe, fühle ich mich sofort in die Vergangenheit zurückversetzt. Isabels Schulfotos hängen immer noch in chronologischer Reihenfolge an der Wand. Isabel als kleines Mädchen mit einem hohen Zöpfchen auf dem Kopf, Isabel als Zehnjährige mit einem viel zu langen Pony und Papagei-Ohrringen aus Holz, Isabel als Sechstklässlerin mit Zahnspange und Wuschelmähne, Isabel mit zwölf und viel zu viel Kajal, Isabel in der Achten mit einem schwarzen Wollpulli und einem dichten blonden Pony. Das letzte Foto, fast ganz oben am Treppenabsatz, kenne ich nicht. Es ist von diesem Schuljahr. Isabel hat sich die Lippen knallrot gemalt und ihre Haare sind ungleich geschnitten. Sie hat denselben Blick drauf, den sie auch bei Selfies aufsetzt: cool und ein bisschen arrogant.

Oben steht die Badezimmertür offen. Als ich einen schnellen Blick hineinwerfe, sehe ich einen Berg schwarze Klamotten neben dem Wäschekorb liegen. Die Party-Kleider, schießt es mir durch den Kopf.

Mit den Fingerknöcheln klopfe ich kurz gegen Isabels Zimmertür.

»Herein!«

Sanft drücke ich die Tür auf – und bleibe sofort entsetzt stehen. Irgendwie habe ich erwartet, dass meine Mutter übertrieben hatte. Dass Isabel bei lauter Musik am Laptop sitzen und lautstark mitsingen würde. Stattdessen liegt sie im Bett. Im Dunkeln kann ich ihre Konturen gerade so erkennen.

»Nicht erschrecken«, sagt sie. Sie spricht irgendwie dumpf, so als hätte sie den Mund voll Watte. Dann knipst sie die Lampe auf ihrem Nachttisch an.

Und ob ich erschrecke. Und wie.

Isabels Nase ist vollständig unter einem Verband verschwunden. Von der Stirn bis zur Nasenspitze Mullbinden und Pflaster, um den Bruch zu stabilisieren. Ihr rechtes Auge ist zugeschwollen und violett, rot und schwarz zugleich. Es erinnert mich an eine Auster mit zwei dicken glibberigen Schalen, zwischen denen nur ein dünner Spalt offen steht. Ihre Wimpern sind kaum zu sehen. Ihre Wange ist voller Schrammen und Blutergüsse, die Lippe dick und gespalten. Sie sieht aus wie eine missglückte Isabel, eine Isabel, die man auf die Schnelle zusammengesetzt hat. Ohne es zu merken, setze ich ein schmerzverzerrtes Gesicht auf.

»So sieht mich meine Mutter auch die ganze Zeit an.«

Isabel richtet sich ein Stück auf. Der Schmerz steht ihr dabei ins Gesicht geschrieben, aber sie sagt kein Wort. Mit einer Hand klopft sie neben sich auf die Decke. Ihre andere Hand ist fast vollständig eingebunden, nur die Fingerspitzen liegen frei. Am liebsten würde ich an Ort und Stelle stehen bleiben oder mich auf den Schreibtischstuhl setzen, aber Isabel benutzt ihren Stuhl immer noch als Kleiderschrank. Mein Zögern entgeht ihr nicht.

»Es ist nicht ansteckend. Jetzt setz dich mal hin.«

Ich setze mich und komme mir auf einmal vor wie der letzte Trampel. Ich hätte Blumen mitbringen sollen oder Schokolade. Einen Obstkorb oder ein Buch. Was bin ich bloß für ein Depp, dass ich einen Krankenbesuch mache, ohne etwas mitzubringen?

»Tut mir leid«, sage ich. Der Schweiß kitzelt mich im Nacken. »Ich hab gar kein Geschenk dabei.«

»Wozu auch?« Isabel versucht zu lachen, aber ihre geschwollene Lippe verweigert ihren Dienst und verweilt in derselben starren Position. »Um mir zu gratulieren, dass ich nicht tot bin?«

Ich schweige.

»Das ist kein Problem, echt. Ich wüsste auch gar nicht mehr, wo ich den nächsten Blumenstrauß unterbringen sollte. Unser ganzes Haus ist voll damit. Heute Morgen musste der Briefträger sogar klingeln, weil er die Berge von Karten nicht durch den Briefschlitz gekriegt hat.«

So kenne ich Isabel gar nicht. Sarkasmus war immer mein Ding. Isabel dagegen hat immer frei heraus gesagt, was Sache ist, ohne es in einen bissigen Witz zu verpacken.

»Ist denn aus der Schule noch niemand hier gewesen?«

»Abgesehen von Jurre meinst du? Nein, du bist die Erste.«

Die Stille zwischen uns fühlt sich bleischwer an. Momente der Stille sind die besten Gradmesser für Freundschaften. Je unbehaglicher sie sich anfühlen, desto weiter schlägt der Zeiger Richtung »flüchtige Bekannte« aus.

»Hast du noch schlimme Schmerzen?«

Isabel weist auf ihren Nachttisch. Neben ihrem Handy und einem Glas Orangensaft liegen drei angebrochene Blisterpackungen mit Tabletten. »Solange ich die nehme, geht es.«

»Oh.

»Ja.«

Ihr »Ja« klingt eigenartig, als ob ihr das Sprechen schwerfällt.

Ich würde gern fragen, warum sie auf der Party war. Warum sie bei der Abrechnung mitgemacht hat. Ob sie auch das Kreuz auf dem Schuh von demjenigen bemerkt hat, der auf sie eingetreten hat. Wie viel Geld sie übrig behalten hat. Wie genau sie weggebracht wurde.

»Ich weiß nicht so recht, was ich sagen soll«, bringe ich stattdessen heraus.

»Ich auch nicht.« Ihre Stimme zittert.

Und dann ist es auf einmal, als würde sie sich endlich selbst erlauben, sich nicht mehr länger zusammenreißen zu müssen. Sie beginnt leise zu weinen. Die Tränen aus ihren geschwollenen Augen sammeln sich am Augenrand, bevor sie langsam nach unten Richtung Wange laufen.

»Ich fühl mich so scheiße.« Ihre Stimme klingt jetzt, als wäre sie viel jünger.

Ich hab sie in der ganzen Zeit, in der wir regelmäßig Kontakt hatten, nur ein einziges Mal weinen sehen, und das aus Frust, weil sie Stress mit ihrer Mutter hatte. Jetzt ist es etwas ganz anderes. Dies ist eine Verzweiflung, die man eigentlich niemandem zeigen möchte, verletzlich und gebrochen.

»Ich fühl mich so dumm, so buchstäblich kaputt.« Sie will ihr Gesicht in den Händen verbergen, zieht sie aber sofort wieder zurück, als sie gegen ihre Nase stößt.

Was soll ich sagen? Dass alles nicht so schlimm ist? Dass alles gut wird?

»Ich hatte gar nicht vor, bei der Abrechnung mitzumachen.« Isabel betastet mit ihrer gesunden Hand vorsichtig den Verband an der Nase. »Jurre hat ganz kurzfristig eine Einladung für die Party gekriegt. Für uns beide. Kannst du dir das vorstellen? Für uns beide? Zuerst habe ich gedacht, er macht Witze, aber er hat gesagt, dass es ganz eindeutig eine Einladung für zwei sei. Jurre und Isabel. Wir sind noch nie irgendwo eingeladen gewesen, und schon gar nicht auf so einer angesagten Party! Ist doch klar, dass wir hingegangen sind, oder?« Sie seufzt.

Ich sehe, wie sie nach Worten ringt. Selbst jetzt, wo es ihr wirklich schlecht geht, bricht sie den Schweigecode nicht. Regel Nummer eins: Schweig wie ein Grab über die Party.

»Auf der Party haben Jurre und ich uns gestritten. Wie immer halt. Ich fand, dass er zu viel mit Demi herumhing, und er sagte, ich sei eine Klette und eifersüchtig. Als die Abrechnung begann, hatten wir schon eine Stunde nicht mehr miteinander geredet. Und dann tat ich etwas, von dem ich geschworen hatte, es nicht zu tun. Ich meldete mich für die Abrechnung.« Sie zieht kurz die Mundwinkel hoch. »Ich war die Erste, die in das Feld getreten ist.«

Vor meinem geistigen Auge sehe ich wieder den ersten Hasen mit sicheren Schritten vortreten. Es war nicht Jacky gewesen, nicht Olivia, sondern Isabel.

»Meine Mutter fragt mich immer wieder, warum in aller Welt ich mitgemacht habe. Hat mich jemand gezwungen? Wollte ich jemanden beeindrucken? War es für den Kick?« Sie schweigt und fährt sich mit dem Daumen der gesunden Hand über die Fingerspitzen der eingebundenen Hand. »Meine Mutter glaubt, dass ich mich bewusst dafür entschieden habe. Für den Kick bei den Schmerzen oder so.«

Ihre Worte bleiben in der Luft hängen.

»Das ist nicht dein Ernst.«

Isabel dreht den Kopf weg, aber nicht weit genug. Ich sehe, wie sie zwinkert, um die nächsten Tränen zurückzuhalten. So leise, dass ich sie beinahe nicht verstehe, sagt sie: »Vielleicht hat meine Mutter ja recht.«

Ich versuche, die Bedeutung ihrer Worte nicht zu mir durchdringen zu lassen, aber es ist, als wolle ich eine Springflut mit der Hand aufhalten. Isabel, die sich absichtlich zusammenschlagen lässt, weil sie den Schmerz spüren will, weil sie den Kick braucht ... Ich kann es nicht glauben. Ich will es nicht glauben.

»Du weißt, dass das nicht stimmt, Isabel.«

»Ach nein?« Sie sieht mich an. »Was weißt du denn schon? Ich war doch auch verrückt genug, mich selbst zu verletzen, hab mir jeden Tag eine Rasierklinge an den Körper gesetzt. Zum ersten Mal seit langer Zeit passt mein Äußeres jetzt wieder zu meinem Inneren, kapierst du? So beschissen, wie ich jetzt aussehe, so fühle ich mich auch.« Sie macht eine kurze Sprechpause, um Luft zu holen, redet dann aber gleich wütend weiter. »Ist ja auch egal, oder? Ob ich mich selbst verstümmele oder ob das andere tun – das Ergebnis ist doch dasselbe.«

Sie fährt sich mit der Fingerkuppe über die Lippe. Dann seufzt sie und leckt sich einen Blutstropfen vom Finger. Der Wutausbruch ist verebbt.

»Sie hat echt keine Ahnung. Meine Mutter, meine ich.«

Ich streiche ihr über den Unterschenkel, so, wie ich auch einen nervösen Hund beruhigen würde. *Ganz ruhig. Es ist alles gut.*

»Ich weiß selbst nicht, warum ich mitgemacht habe. Und dass ich mich nach dem Geld bücken würde, war erst recht nicht geplant. Bis ich es vor mir liegen sah.« Ihre Augen bekommen einen neuen Glanz. »Mehr als siebenhundert Euro. So viel Geld hatte ich noch nie auf einem Haufen gesehen.«

Ich schlucke die Worte hinunter, die sich in mir den Weg nach oben bahnen.

»Ich hab nicht mehr klar denken können«, sagt sie. »Ich dachte nur noch an Geld, iPhone, neue Nikes.« Sie senkt den Blick. »Als ob ich mir das jetzt noch kaufen würde. Alles, was ich von den tausend Euro kaufen würde, würde sich beschmutzt anfühlen. Es ist Blutgeld.«

Ich sehe irritiert auf. Laut der Gerüchte hatte Isabel keinen einzigen Cent von der Abrechnung übrig behalten. Angeblich hatten »sie« das Geld gestohlen, während sie bewusstlos am Boden lag.

»Warte mal kurz«, sage ich. »Du hast das Geld noch?«

Isabel seufzt. Ihr Gesicht ist schmerzverzerrt, als ob sie im nächsten Moment wieder in Tränen ausbrechen würde. »Es waren fast tausend Euro in meinem Geldbeutel. Ich hab es erst am nächsten Morgen im Krankenhaus entdeckt.« Sie versucht, so zu klingen, als wäre das Geld nicht wichtig, aber die Verzweiflung ist unüberhörbar. »So schuldig haben die sich also gefühlt. So sehr, dass sie noch mal dreihundert Euro draufgelegt haben.«

»Kein Blutgeld, sondern Schweigegeld«, sage ich tonlos.

»Aber ich kann den Mund nicht halten.« Isabel greift nach meiner Hand und drückt meine Finger. An ihrem Mundwinkel zuckt ein Muskel. »Ich muss wissen, was am Samstag passiert ist. Ich muss wissen, wer weiter zugetreten hat, als die sechs Sekunden schon vorbei waren. Wenn ich das nicht herausfinde, drehe ich durch.« Aller Stolz ist aus ihrer Stimme verschwunden. »Du musst mir helfen, Jasmin. Bitte, du musst mir helfen.«

14

Ich wickele das Kabel meines Kopfhörers um meinem MP3-Player. Es ist der alte von Floor, mit Klebeband zusammengehalten, aber das Teil ist mir wichtiger als mein Handy. Flüchtig checke ich das Vorfach meiner Tasche nach zermatschten Bananen ab, bevor ich den MP3-Player hineinstopfe. Ich habe dröhnende Kopfschmerzen. Seit meinem Besuch bei Isabel gestern Nachmittag, herrscht in meinem Kopf Krieg. Wie könnte ich sie jetzt im Stich lassen? Sie hat mich förmlich um Hilfe angefleht. Ich kann sie nicht so enttäuschen.

Aber Isabels Flehen und die Tatsache, dass ihr Schweigegeld gezahlt wurde, stehen im Wettstreit mit meinem eigenen Schweigen. Bin ich denn so viel besser als die, die Isabel Schweigegeld gezahlt haben? Ich halte doch ihr gegenüber auch den Mund. Ich erzähle ihr ja auch nicht, was ich gesehen habe.

»He!« Eine Jungenstimme brüllt über den Schulflur. »He! Jasmin!«

Ich drehe mich um. Auf der anderen Seite des Ganges schiebt Nick Leute zur Seite, die ihm im Weg stehen. Mir ist sofort klar, dass das kein gutes Zeichen ist. Seine Lippen bilden einen schmalen Strich und seine Augen funkeln schwarz wie Kohlen.

»Endlich erwische ich dich.«

Um uns herum verstummen alle und starren mich neugierig an.

Shit. Shit! Wetten, Jacky hat ihm erzählt, dass ich hinter ihm herschnüffele?

So schnell ich kann, drehe ich mich um und laufe mit kleinen, hektischen Schritten auf den Ausgang zu.

»Ja, hau ruhig ab!«, ruft Nick noch lauter durch den Gang.

Ich zieh mir die Kapuze tiefer über den Kopf und beschleunige meine Schritte. Ich kann nicht mehr klar denken. Denn was mache ich denn, wenn ich auf dem Schulhof bin? Noch schneller laufen? Als ob mir das was bringen würde, gegen einen Jungen, der dreimal die Woche Fußball spielt.

»Jasmin ...!« Er scheint kaum außer Atem zu sein, als er seine Hand fest auf meine Schulter drückt. Mit der anderen Hand zieht er mir die Kapuze vom Kopf und verpasst mir einen leichten Schubs gegen den Hinterkopf.

»Lass mich los!«

»Ich hab dich kaum berührt.«

Mein Fluchtinstinkt verwandelt sich in Wut, jetzt, wo Nick und mich höchstens noch eine Armlänge voneinander trennt. Wie kommt es eigentlich, dass manche Menschen einfach nur Widerstand und Ekel in uns hervorrufen? Ist das Instinkt?

»Du brauchst keine Angst vor mir zu haben.« Sein Blick wird ein wenig weicher, wodurch ich automatisch die Augen zusammenkneife.

»Hast du gedacht, ich laufe weg, weil ich Angst vor dir habe?« Ich sehe ihn so arrogant wie möglich an und hoffe, dass er nicht merkt, wie nervös ich klinge.

Die letzten Schüler, die vor dem ersten Klingeln drin sein wollen, strömen in die Schule. Das ist jetzt das zweite Mal in zwei Tagen, dass ich die erste Stunde verpasse, und dieses Mal kann ich nicht wieder mit einer selbst geschriebenen Entschuldigung von meiner Mutter ankommen.

Ich verschränke die Arme. »Jetzt sag schon. Was hast du so Dringendes mit mir zu besprechen?«

Nick schaut sich um. Abgesehen vom Hausmeister in

seinem Glaskasten, sind wir weit und breit allein. Er macht einen Schritt auf mich zu, sodass ich sein viel zu schweres Deo rieche.

»Warum fragst du überall herum, ob ich mit Drogen deale?«

»Ähm …« Meine Stimme klingt wie die eines Kleinkinds. Ich weiß selbst, dass ich dadurch als echte Nervensäge rüberkomme, aber mir fällt auf die Schnelle nichts anderes ein: »Weil es stimmt?«

»Ach ja? *Weil es stimmt?* Und du, verscherbelst du Alk?«

Ich runzele die Stirn. Wovon spricht er?

»Du trinkst. Ich hab gesehen, wie du dir am Samstag einen nach dem anderen hinter die Binde gekippt hast. Dann wirst du wohl auch mit Alkohol handeln.«

Ich habe das Gefühl, mit dem Rücken gegen die Wand zu stehen. Der einzige Weg, aus der Nummer wieder herauszukommen, ist, im Boden zu versinken und dabei still zu verschwinden.

»Ach, hör doch auf.«

»Nein, du musst aufhören. Sonst erzählen bald alle wegen dir herum, dass ich ein Dealer bin.«

»Bist du doch auch.«

»Wie kommst du denn bloß auf die Idee?«

»Warum sonst hattest du auf der Party ein Handy dabei?«, frage ich. »Wäre ja auch blöd, sich die Chance auf gute Geschäfte entgehen zu lassen.«

Nick macht wieder einen Schritt auf mich zu. Ich sehe den dunklen Rand seiner Augen, seine Nasenflügel, die weit gebläht sind. »Du hast nicht die geringste Ahnung, warum ich ein Handy dabeihatte.«

»Dann verrate es mir doch einfach.«

»Damit du es gleich allen weitertratschen kannst?« Die Kohlen in seinen Augen funkeln noch schwärzer.

»He! Was ist hier los?« Jacky tritt so heftig auf die Bremse, dass ihr Hinterreifen schlingert. Sie springt vom Sattel und zieht sich die Ohrstöpsel ihres iPod aus den Ohren. »Was hatte ich gesagt, Nick? Ich wollte mit Jasmin reden.«

»Es ist alles in Ordnung«, sagt Nick.

Er will Jacky einen Kuss auf den Mund geben, aber Jacky schaut mich nur besorgt an. Sie trägt eine neue Mütze: eine knallrote, die einen ziemlichen Kontrast zu ihren dunklen Haaren bildet. Unter den Augen klebt etwas Wimperntusche und ihre Lippen sind von der Kälte aufgesprungen.

»Bist du sicher?«, fragt sie mich. »Hat er sich okay aufgeführt?«

Nicks Kuss landet auf ihrer Wange.

Ich sage kein Wort. Vorgestern war ich noch diejenige, die sich anstellt, und sollte mit der Hexenjagd auf ihren Freund aufhören und jetzt macht sie sich auf einmal Sorgen, ob derselbe Freund nett zu mir war?

»Du kannst mir ruhig glauben«, sagt Nick zu Jacky. »Ich hab ihr nur gesagt, dass ich kein Dealer bin und dass sie das also auch nicht überall herumzuerzählen braucht.«

»Hast du ihr auch gesagt, warum du das Handy dabeihattest?«

Nick hebt die Hände und seufzt frustriert. »Ist das jetzt dein Ernst?«

Jacky schaut mich an. Und ich sehe, dass sie wieder die Jacky ist, die ich kenne. Es ist, als wäre die Eisschicht, die sie umgeben hat, geschmolzen.

»Ich will mich nicht mit dir streiten. Ich hätte das am Dienstag alles nicht sagen dürfen.« Sie wirft Nick einen Blick zu. »Nicks kleine Schwester ist krank.«

»Jacky!«, grummelt Nick mit zusammengebissenen Zähnen.

Ich will mich nicht mit dir streiten. Bamm. *Ich hätte das am Dienstag alles nicht sagen dürfen.* Bamm. *Nicks kleine Schwester ist krank.* Bamm. In meinem Kopf wird der Krieg für eine paar Sekunden zum Waffenstillstand, weil ich keine Ahnung habe, was ich mit diesen neuen Infos anfangen soll.

»Krank?«, frage ich.

»Nicht ernsthaft, sonst wäre er am Samstag natürlich nicht auf die Party gegangen, aber Nick wollte für den Fall der Fälle erreichbar sein. Du verstehst schon. Und darum hatte er auf der Party ein Handy dabei.«

Ich weiß nicht, was ich sagen soll. Aus den Augenwinkeln heraus sehe ich, dass ich nicht die Einzige bin, die gerade völlig verunsichert ist.

Jacky räuspert sich. »Und deshalb hat er letzten Monat auch *xtc* genommen. Ein einziges Mal. Weil die Situation zu Hause gerade so schwierig ist.«

»Wisst ihr, was, macht was ihr wollt.« Nick spuckt uns fast direkt vor die Füße und läuft mit großen Schritten davon. Wenn dies ein Zeichentrickfilm wäre, würden unter seinen Schuhen Staubwölkchen aufsteigen.

Jacky beugt sich über ihren Fahrradlenker. »Ich dich auch!«, ruft sie ihm nach.

Ohne sich umzudrehen, zeigt er uns den Mittelfinger.

Jacky lacht. »Der kriegt sich schon wieder ein.«

Man könnte neidisch drauf werden, wie gut ihr die neue Selbstsicherheit steht. Keine Sekunde zweifelt sie daran, dass Nick sich wieder beruhigt, dass sie ihn in einer Stunde mit einem Kuss aussöhnen kann und alles wieder gut wird.

»Meinst du?«, frage ich.

»Kennst du irgendwelche anderen Jungs, die so lieb zu ihrer Schwester sind?« Sie lacht. »Ich weiß, dass du Nick nicht magst, aber er ist wirklich ein Schatz.«

Wir schweigen einen Moment.

Ich sehe ihren Mund, der leicht offen steht, die Röte auf ihren Wangen. Ich kenne ihr Gesicht vielleicht besser als mein eigenes.

»Danke«, sage ich, »dass du es mir erzählt hast.«

Jacky lächelt mich an. »Ist schon gut. Ich hätte es dir einfach gleich sagen sollen.«

»Wie geht es denn Nicks Schwester?«

Jacky zuckt die Achseln. »Sie wissen nicht so genau, was ihr fehlt. Sie fühlt sich schon seit Wochen schlecht. Ich hab übrigens nicht gewusst, dass Nick am Samstag auf der Party sein Handy dabeihatte, erst als er den Krankenwagen gerufen hat, habe ich es mitgekriegt. Ich war völlig durcheinander. Zuerst dachte ich, er wäre einer der Orga-Typen von der Party.«

»Und das ist er nicht?« Ich versuche, das Fragezeichen so schwach wie möglich mitklingen zu lassen, sodass es wie eine Feststellung klingt, mit einem klitzekleinen bisschen gesundem Zweifel.

»Er sagt Nein. Und ich glaube ihm.« Sie lacht. »Er hatte das Handy in seiner Unterhose reingeschmuggelt. Ist das nicht widerlich?«

»Und wie, also echt!« Im letzten Moment erst wird mir klar, dass ich wie Olivia klinge. »Ich meine, das ist wirklich widerlich.«

Jacky verzieht das Gesicht. »Jedenfalls werde ich nie wieder heimlich sein Handy in die Hand nehmen.«

Wie von selbst stelle ich im Kopf einen neuen Zeitplan für letzten Samstag auf. Zwölf Uhr: die Abrechnung beginnt. Ein paar Minuten nach zwölf: Nick und Jacky rufen den Krankenwagen.

»Du willst wissen, warum wir nicht bei Isabel gewartet haben, stimmt's?«

Jacky klappert mit den Überresten ihrer Fahrradklingel. Das

Oberteil ist wahrscheinlich schon am ersten Schultag geklaut worden, so wie bei allen anderen Fahrrädern an der Schule.

»Ja.«

Sie starrt auf ihre Fahrradklingel. »Das war eine Panikreaktion. Irgendwer hat geschrien, dass ein Krankenwagen kommen muss, aber niemand hat etwas unternommen. Es war ein Riesenchaos. Nick und ich standen am Waldrand. Meine erste Reaktion war auch: abhauen. Einfach weg. Aber dann lag Isabel da ganz allein auf dem Boden und Nick zog sein Handy heraus.«

»Wusstest du, dass es Isabel war? Ich meine: später schon, klar. Aber in diesem Moment?«

Jacky starrt vor sich hin, als wäre der letzte Samstag schon Monate her. »Sie sah nicht mehr aus wie Isabel«, sagt sie schließlich. »Sie hat noch geatmet, aber ansonsten lag sie dort wie tot.«

»Und danach hattet Nick und du schön Sex?«

Es klingt grob. Aber ich kapier es wirklich nicht. Ich kapier es nicht.

»Das war nicht so, wie du denkst.« Jacky schüttelt den Kopf »Glaubst du etwa, mich hat das Ganze nicht geschockt? Aber was hätten wir denn noch tun können? Wir haben den Krankenwagen gerufen. Mehr ging doch nicht, oder?«

Sie blickt fest zu Boden. Ich weiß, dass sie noch mehr sagen will. Und dass sie es – was auch immer es ist – von sich aus erzählen muss.

»Ich habe Isabel mein Geld gegeben. Ich weiß auch nicht, warum.« Jacky seufzt. »Ich hatte ihr schon das ganze Geld ins Portemonnaie gestopft, bevor ich darüber nachgedacht habe.« Sie zögert. »Ich glaube, sie tat mir einfach leid. Ihre ganze Hand war verkrampft, weil sie das Geld so verzweifelt festgehalten hat.«

Ich schweige. Was soll ich auch sagen? Wie lächerlich es ist, dass sie Isabel zweihundertfünfzig Euro zugesteckt hat? Was zweihundertfünfzig Euro für Jacky sind, sind für mich fünf Euro. Und vielleicht hätte ich dasselbe getan, mit fünf Euro, um mich in diesem Moment von meinen Schuldgefühlen freizukaufen.

»Warum habt ihr sie weggetragen?«

Jacky runzelt die Stirn. »Weggetragen? Wir haben Isabel nicht weggetragen.«

»Doch«, sage ich. »Ich war schon bei den Fahrrädern, als ich mit Hanna zur Lichtung zurückgegangen bin. Und da war Isabel nicht mehr da.«

»Bist du dir sicher?«

»Absolut sicher.«

»Es war stockdunkel.«

»Tausend Prozent sicher.«

Jacky mustert mich, um zu prüfen, ob ich die Wahrheit sage. Eine Sekunde reicht ihr.

»Wir sind ein ganzes Stück in die andere Richtung gelaufen, weil wir kein Netz hatten. Danach sind wir nicht mehr zu Isabel zurückgegangen.«

»Wer hat sie also weggetragen?«

»Ich habe keine Ahnung.«

»Isabel sagt, sie sei erst am nächsten Morgen im Krankenhaus aufgewacht.«

Im selben Moment erkenne ich, dass ich zu viel gesagt habe.

»Ach, sagt Isabel das?« Jackys Stimme klingt scharf. »Moment. Warst du etwa bei ihr? Wann denn?«

»Gestern.«

Ich sehe, wie sehr Jacky sich beherrschen muss, nicht aus lauter Frust loszuschreien. Für einen Moment schließt sie die Augen. Vielleicht hofft sie, dass ich nicht wirklich vor ihr stehe und nicht wirklich bei Isabel gewesen bin, wenn sie die Augen wieder öffnet.

»So dumm kannst du nicht sein«, flüstert sie. »Bitte, sag mir, dass du das nicht wirklich gemacht hast.«

Ich verschränke die Arme. »Und ob ich das gemacht habe.«

»Warum?« Ihre Stimme klingt gefährlich hoch. »Erst fragst du alle Leute über Nick aus und jetzt kann jeder beobachtet haben, dass du bei Isabel zu Besuch warst. Warum willst du um jeden Preis wissen, was am Samstag genau passiert ist? Regel Nummer eins: Schweig wie ein Grab über die Party. Das ist die Regel!«

»Und vielleicht finde ich diese Regel bescheuert.«

Jacky senkt ihre Stimme wieder zu einem Flüstern. »Das hättest du dir früher überlegen müssen, Jas. Du hast das alles vorher gewusst.«

»Na und! Was ist denn so schlimm daran, dass ich wissen will, was genau passiert ist?«

Jacky beugt sich vor. »Du weißt, was mit Leuten geschieht, die sich nicht an die Regeln halten.«

Ja, ich weiß. Ich weiß es ganz genau. Sie rechnen mit ihnen ab. Sie bringen alle anderen gegen sie auf, sorgen dafür, dass sie in ihrem Umfeld zu Ausgestoßenen werden. Aber das bedeutet nicht, dass ich mich davon abhalten lasse.

Meine Stimme ist kaum mehr als meine zu erkennen, als ich die Worte höre, die aus meinem Mund kommen. »Dann soll es so sein.«

Den Unterricht überstehe ich auf Autopilot. Ich gebe einfach vor aufzupassen, obwohl ich eigentlich nur apathisch auf die Tafel starre. Ich verstehe einfach nicht, warum Jacky so tun will, als wäre nichts. Wie kann sie jetzt noch bei der nächsten Abrechnung mitmachen wollen?

Es gab Zeiten, in denen Jacky und ich komplett auf einer Linie waren. Jetzt ist es manchmal so, als lebten wir nicht einmal im selben Universum. Wie können sich zwei Menschen, die immer derselben Meinung waren, so auseinanderleben?

In Englisch schreibe ich Dutzende SMS an Jacky, von denen ich keine verschicke. So schwarz auf weiß klingt das, was ich ihr gern sagen würde, auf einmal viel dramatischer.

Ich will gerade mein Handy wegstecken, als oben auf meinem Display ein Briefumschlag erscheint. Eine neue Nachricht. Als ich sie anklicke, sehe ich, dass sie von einem anonymen Absender stammt. JASMIN DE WAAL steht dort in Großbuchstaben. Und darunter:

SCHWARZE LISTE

15

Zwei volle Tage kam es mir vor, als hätte man mir den Boden unter den Füßen weggezogen. Ich lag zersplittert in einer Schlucht. In einem Moment war ich bereit, mich damit abzufinden, dass dies das Ende meiner Suche bedeutet. Im nächsten Moment wollte ich nichts lieber, als mich aufzulehnen. Revolte. So einfach würde ich mich nicht unterkriegen lassen. Auf Isabel war brutal eingetreten worden und niemanden schien zu interessieren, wer der Täter war. Ich konnte sie jetzt nicht im Stich lassen. Nicht schon wieder. Nicht jetzt, wo ich auf der richtigen Spur war. Warum sonst sollte ich auf der schwarzen Liste stehen?

Es war unheimlich, wie genau sie mich offensichtlich beobachtet hatten. Es war, als wäre ich von getönten Scheiben umgeben: Ich hatte keine Ahnung, wer sie waren, sie aber konnten genau verfolgen, was ich tat. Und wie es schien, gefiel ihnen das, was sie da sahen, gar nicht. Eine Einladung für die Party würde ich auf jeden Fall nie wieder bekommen, das war klar.

Doch dann bekam ich vor einer Stunde eine Mail. Es war, als würde mir jemand eine Strickleiter zuwerfen, um mich aus dem Abgrund zu ziehen. Eine winzige Strickleiter, aber immerhin. Keine Ahnung, wer mit die Nachricht geschickt hat oder warum. Aber das war mir auch völlig egal. In der Mail stand nur ein einziges Wort: *Plump.*

Es dauerte eine Weile, bis ich kapierte, was es bedeuten sollte. Das Plump ist das Freibad, ein paar Kilometer vom Dorf entfernt in einem Gewerbegebiet.

Zuerst war ich einfach nur erleichtert, dass DIE PARTY nicht wieder im stockdunklen Wald stattfinden würde, aber dann wurde mir etwas klar: Die Mail bedeutete nicht, dass ich von der schwarzen Liste gestrichen war. Also musste ich einen Weg finden, die Gatekeeper zu umgehen. Ich musste illegal auf eine illegale Party.

Aber das war es mir wert. Ich war mir absolut sicher, dass ich auf dieser Party die Person finden würde, die Isabel so schwer verletzt hatte. Mörder kehren auch immer wieder an den Tatort zurück.

Vorsichtig drücke ich die Bremse an meinem Fahrrad und werde langsamer. Meine Bremsen quietschen in der Stille der Nacht viel zu laut. Ich musste einen ziemlichen Umweg fahren, um jetzt genau an der Rückseite des Schwimmbads herauszukommen.

Völlig außer Atem verstecke ich mein Fahrrad in den Büschen. Den ganzen Weg hierher habe ich vorgebeugt über dem Lenker gehangen, verrückt vor Angst, dass mich jemand überholen und erkennen könnte. Aber abgesehen von zwei Mofas und einigen Autos war niemand vorbeigekommen.

Zitternd wische ich mir mit dem Ärmel die Schneeflocken von den Wimpern. Es ist der erste Schnee in diesem Jahr. Aber für mich hat die weiße Welt jetzt nichts Magisches, sondern eher etwas Beklemmendes. Meine Fußabdrücke sind im Schnee viel zu gut zu sehen.

Ich stecke mir den Fahrradschlüssel in die Hosentasche und gehe im Kopf die Liste durch.

Chucks.

Schwarze Hose – wieder von Floor.

Schwarzer Hoody.

Schwarze Handschuhe.

Hasenmaske.

Zum Glück habe ich die Maske bei der letzten Party eingesteckt, sonst hätte ich erst alle Karnevalsläden danach abklappern müssen.

Ich atme einmal tief ein und aus, bevor ich sie aufsetze. Genau wie beim letzten Mal kriege ich leichte Platzangst. Meine Wimpern klackern gegen den harten Rand der Plastikaugen und ich nehme meinen eigenen Atem doppelt so laut wahr wie sonst. Ich fühle mich irgendwie eingesperrt, aber ich schiebe diesen Gedanken sofort weg. Jetzt ist keine Zeit zum Nachdenken. Jetzt muss ich handeln.

Ich setze meine Kapuze auf und stelle einen Fuß auf den tief gespannten Stacheldraht. Auf diesem Schleichweg habe ich das Freibad zwar noch nie betreten, kenne ihn aber, so wie jeder im Dorf. Mit ausgestreckten Händen arbeite ich mich Schritt für Schritt durch den Stacheldraht Richtung Liegewiese. Leise knacken die Zweige unter meinen Füßen. Ich komme bei der Wiese am Planschbecken raus, das jetzt nicht mehr ist, als eine riesige leere Schüssel von höchstens zwanzig Zentimeter Tiefe. Dahinter erkenne ich schemenhaft die Garderoben und die Terrasse, auf der im Sommer Plastikstühle und schwere Sonnenschirme stehen. Dass das ganze Gelände jetzt mit Schnee bedeckt ist, wirkt bizarr. Ich stelle mir vor, wie es hier im Sommer aussieht, wenn es warm ist und das Gras mit bunten Handtüchern bedeckt ist. Es kommt mir vor, als wäre es Ewigkeiten her, dass ich zum letzten Mal hier war.

In der Ferne höre ich Musik. Es ist ein tiefes Dröhnen in schneller Abfolge, dann Stille, gleich darauf noch tieferes, schnelleres Dröhnen. Nervosität macht sich in meinem Magen breit. Dieses Mal habe ich keine Jacky, keine Olivia und keine Hanna als Back-up. Dieses Mal muss ich da ganz alleine durch. Für Isabel.

Die Hände in den Ärmeln vergraben, überquere ich die verschneite Wiese. Meine Schuhe hinterlassen geriffelte Abdrücke. Mit gebeugtem Kopf folge ich dem steinigen Trampelpfad, der zum großen Becken führt. Ich traue mich kaum, aufzuschauen, als ich die ersten Umrisse von Leuten wahrnehme. Dunkle Gestalten bewegen sich mit wilden Armbewegungen zur Musik, die noch rauer und düsterer klingt als bei der letzten Party. Als mit einem Schlag die Musik verstummt und stattdessen leises Kinderlachen ertönt, bekomme ich eine Gänsehaut. Ich erkenne die Melodie eines Schlaflieds. Das Kind beginnt, immer lauter zu kichern, zu lachen, zu kreischen, bis es in ohrenbetäubendes Geschrei übergeht.

Ich zwinge mich, ruhig zu bleiben, einfach weiterzugehen, in der Masse zu verschwimmen, aber meine Atmung verrät, dass ich viel zu angespannt bin.

Die Musik nimmt wieder Fahrt auf: dumpfe Beats in gleichmäßiger Abfolge. Aus den Augenwinkeln sehe ich Arme und Beine, die hin und her schwingen.

Ich bahne mir einen Weg durch die tanzende Menge, wobei mein Blick wie ferngesteuert nach unten gezogen wird. Das Kreuz. Auf diesem Fest läuft irgendjemand mit Chucks herum, auf die ein Kreuz gemalt ist. Irgendwo hier ist er. Verborgen in der Menge.

Wie besessen checke ich alle Schuhspitzen ab, die ich sehe. Nirgends ein Kreuz. Die kleinen Grüppchen sind beim Tanzen enger zusammengerückt, sodass ich kaum mehr einen Schritt machen kann, ohne mit jemandem zusammenzustoßen. Kein Kreuz. Kein Kreuz. Wieder kein Kreuz.

»Kannst du nicht aufpassen?«

Ich bekomme einen Stoß gegen die Schulter verpasst und kann gerade noch so das Gleichgewicht halten.

»Entschuldigung, ich ...«

Als ich aufblicke, bleiben mir die restlichen Worte im Hals stecken. Mir wird schwindelig, fast so, als wäre ich kurz davor, ohnmächtig zu werden. Es dauert einen Moment, bis mein Gehirn das Bild zusammensetzt. Denn vor mir steht jemand, der keine Hasenmaske trägt.

Es ist ein Clown.

Ein Clown mit blauen Wimpern, flacher roter Nase und einem Lachen, bei dem die Mundwinkel bis fast unter die Augen hochgezogen sind. Und er ist nicht der einzige Clown. Hinter ihm stehen unzählige andere. Das ganze Gelände ist voll von Clowns. Sie sind alle schwarz gekleidet, haben eine schwarze Kapuze auf und tragen Clownsmasken. Und zwar unterschiedliche. Manche haben rote Apfelwangen, andere einen verblüfften Gesichtsausdruck und wieder andere einen offenen Mund mit spitzen Eckzähnen.

Ich weiß nicht, was ich tun soll, ich bin vor Angst wie gelähmt.

Plötzlich hört man das Läuten altmodischer Kirchenglocken. *Dong, dong! DONG!* Der zwölfte Schlag hallt in der Stille nach.

Ich stehe da wie festgefroren. Was ist hier los? Was passiert jetzt?

Die Clowns drehen sich langsam zu mir um. Sie gehen Schritt für Schritt, einer nach dem anderen, nach hinten. Noch einen Schritt. Und noch einen, bis alle mindestens ein paar Meter von mir entfernt sind und ich ganz alleine in der Mitte stehe. Dann starren sie mich aus ihren dunklen, hohlen Augen an. Ihre Masken lachen, grinsen, weinen.

Ich spüre, wie die Panik meinen Verstand lähmt. Ich kann nicht weg. Egal, in welche Richtung ich rennen würde, ich müsste so oder so an den Clowns vorbei, die dicht an dicht stehen. Mir wird schwindelig. Es fühlt sich an, als würden in meinem Blut lauter kleine Blasen aufspringen. Denk nach, Jasmin. Denk nach!

Mit einem leisen »Plopp« fällt mir etwas vor die Füße. Ich kneife die Augen zusammen, um herauszufinden, was es ist, aber das Einzige, was ich sehe, sind die Steinchen am Boden, die im Mondlicht glitzern.

Plötzlich fühle ich, dass etwas Hartes gegen meine Schulter prallt, und kurz danach, dass etwas Zerbrechliches aufplatzt. Gleichzeitig berührt etwas anderes meinen Fuß und bricht ebenfalls auf.

Als ich nach unten schaue, sehe ich gelben Schleim auf meiner Schuhspitze. Am Rand des Schuhs klebt ein Stück Eierschale.

Einen Moment lang verstehe ich das alles nicht. Aber dann kapiere ich es: Sie werfen mit Eiern auf mich. Ich werde mit Eiern bombardiert.

Es ist, als hätte jemand ein Startsignal gegeben. Die Eier knallen mir an den Hinterkopf, an die Beine, direkt auf die Brust. Instinktiv ziehe ich die Arme hoch und versuche, meinen Kopf zu schützen. Die Eier prasseln immer heftiger auf mich ein. Sie klingen wie dicke Hagelkörner auf einer dünnen Zeltplane. Patsch. Patsch. Patsch! Ein Ei zerplatzt direkt über meinem Auge und das Eigelb tropft durch den Augenschlitz in die Maske. Ich würge, als ich spüre, wie mir der Glibber die Wange runterläuft.

Ich muss hier weg. Was hält mich hier eigentlich?

Die Eier klatschen gegen meine Hände, meine Brust und die Schultern, als ich mich ein paar Schritte nach vorne bewege. Kurz bevor ein Ei aufbricht, durchfährt mich jedes Mal ein kurzer, spitzer Schmerz, der mich in die Knie zwingt. Ich will weg, aber ich finde keine Lücke und die Clowns werfen zu heftig.

Das Eigelb tropft in langen Glibberfäden von meinen Klamotten herunter. Zerbrochene Eierschalen kleben mir an Pulli und Hose. Meine Socken sind pitschnass von dem ganzen Dotter.

Lasst mich gehen! Bitte, lasst mich gehen.

Und dann, nach einer gefühlten Ewigkeit, hören sie auf.

In der ersten Reihe fängt einer an, langsam zu klatschen. Zwischen den einzelnen Klatschern liegt eine volle Sekunde.

Klatsch.

Klatsch.

Klatsch.

Der Kreis der Clowns öffnet sich. Ein schmaler Pfad von nicht mal einem halben Meter wird gebildet. Schweigend stehen sie da und warten. Bis es endlich zu mir durchdringt: Sie warten, dass ich verschwinde.

Ich schaffe es nicht, mein Fahrradschloss zu öffnen. Die Tränen verschleiern mir die Sicht und meine Hände zittern zu heftig.

Jede einzelne Zelle meines Körpers ist mit Scham erfüllt. Ich bin wütend, gedemütigt und traurig. Und ich fühle mich dumm. Bemitleidenswert dumm.

Habe ich wirklich gedacht, es würde so einfach sein? Dass ich mal eben auf der Party auftauche, pro forma bei der Abrechnung mitmache und dabei herausfinde, wer X ist? Bin ich wirklich nicht auf die Idee gekommen, dass mich jemand linken wollte?

Endlich kriege ich den Fahrradschlüssel ins Schloss und drehe ihn herum. Im selben Moment fühle ich eine Hand auf meiner Schulter. Ich will schreien, aber mein Körper hat vergessen, wie das geht.

Hinter mir steht ein Clown, schwarz gekleidet. Es ist ein

weinender Clown mit Augenwinkeln, die fast bis zu den Wangen hinunterhängen. Seine Nase ist rot, viereckig und platt. Sein Mund ist ein knallrotes liegendes C.

»Also doch«, höre ich eine Mädchenstimme hinter der Maske sagen. Ich erkenne die Stimme, bevor sie die Maske heruntergezogen hat. »Hab ich mir doch gedacht, dass du es bist.«

Mit der rechten Hand zieht sie sich die Maske vom Gesicht.

Olivia. »Was machst du hier?« Meine Stimme klingt, als würde ich im nächsten Moment zusammenbrechen.

»Das sollte ich besser dich fragen.« Olivia zieht eine Braue hoch. Die Haare hat sie zu einem hohen Zopf zusammengebunden, dessen Ende ihr elegant über die rechte Schulter fällt. Ihr Make-up sitzt perfekt und ihr Gesicht strahlt Ruhe aus.

Ich betrachte die frischen Fußspuren im Schnee, direkt neben den Büschen, durch die ich gerade gekrochen bin. »Bist du mir gefolgt? Mit wem bist du hier?«

»Ist das wichtig?« Olivia sieht mich prüfend an.

»Sind Jacky und Hanna auch da?«

Olivia runzelt die Stirn, als würde ihr erst jetzt wieder einfallen, dass es eine Jacky und eine Hanna gibt. Als wären die beiden nicht der Kitt, der uns beide zusammenhält.

»Ich bin alleine gekommen. Hanna hat dieses Fotoshooting und Jacky hat im letzten Moment abgesagt, weil Nick alleine zu Hause ist.« Sie schweigt kurz. »Das warst du, oder? Gerade eben, beim Schwimmbad.«

Mir bleibt wortwörtlich der Mund offen stehen. Ich spüre richtig, wie er immer weiter aufgeht.

Dann gehe ich einen Schritt nach hinten und zeige auf mich. »Wie kommst du denn darauf? Wegen der ganzen Eierschalen? Wegen der Maske, die ich in der Hand halte?«

»Hey, ich verstehe ja, dass du dich mies fühlst ...«

»Ach ja?« Ich lache auf. Ein echtes Lachen. Weil es so lächerlich witzig ist. »Verstehst du das wirklich? Ach, hau doch ab, Olivia.« Ich zerhacke ihren Namen in vier einzelne Silben. »Du kapierst absolut gar nichts.«

Sie schiebt das Bündchen ihres Ärmels auf und zieht vorsichtig ein Ei heraus, hält es zwischen Daumen und Zeigefinger, als wäre es das wichtigste Beweisstück in einem Mordfall.

»Ach nein? Und warum habe ich es dann nicht geworfen?« Sie schüttelt das Ei neben ihrem Kopf. »Ich werde es dir sagen. Weil ich schon so eine Ahnung hatte, dass du es warst. Darum.«

Ich werde immer wütender. Was will sie eigentlich? Dass ich mich bei ihr bedanke? Dass ich auf die Knie falle vor Dankbarkeit? Sie hat kein Ei auf jemanden geworfen, der komplett wehrlos von Hunderten von Leuten beballert wurde. Bravo!

»Herzlichen Glückwunsch«, sage ich.

»He!« Ihre Stimme klingt scharf. »Du stehst nicht ohne Grund auf der schwarzen Liste.«

Ich höre heraus, was sie eigentlich sagen will.

»Du findest, dass es meine eigene Schuld ist«, sage ich. Ich merke, dass mir ein Stück Eierschale aus den Haaren in den Nacken rutscht »Oder? Du findest, dass ich es nicht besser verdient habe.«

Voll konzentriert lässt Olivia das Ei in ihrer Handfläche hin- und herschaukeln.

»Das habe ich nicht gesagt.«

»Was denn dann?«

»Du musst damit aufhören, Jasmin. Du glaubst immer noch, dass alles nur ein Spiel ist.«

»Wie denn?« Ich beiße mir heftig in die Wange, um die Tränen zurückzuhalten. »Wie denn, Olivia? Isabel lag im Krankenhaus. Sie wurde direkt vor meiner Nase in Stücke gerissen und ich habe nichts getan, um ihr zu helfen. Ihr habt keine Ahnung, wie schuldig ich mich fühle. Wie kann ich also aufhören?«

»Guck dich doch an! Glaubst du etwa, du hilfst Isabel damit?«

Auf einmal höre ich ganz in der Nähe Zweige knacken.

Für den Bruchteil einer Sekunde starren Olivia und ich uns an. Mein Herz klopft wie wild und in Olivias Augen sehe ich Panik.

»Sie haben uns im Blick.« Olivia zieht sich mit einem Ruck ihre Clownsmaske wieder vors Gesicht und verpasst mir einen kleinen Schubs. »Du musst verschwinden«, höre ich sie durch die Maske hindurch sagen. »Jetzt! Hau ab, Jasmin!«

Ich wische mit heftigen Bewegungen den Schnee vom Sattel und springe aufs Rad. So schnell, wie ich in die Pedale trete, bin ich noch nie gefahren.

Als ich mich umdrehe, ist Olivia schon in der Dunkelheit verschwunden.

16

Ich habe bestimmt fünfzehn Mails an diese E-Mail-Adresse geschickt, aber noch keine Antwort gekriegt. Jede unbeantwortete Mail lacht mir lauter ins Gesicht.

Haha. Hast du echt gedacht, wir würden dir helfen? Hahahaha. Warst du echt so blöd, uns zu vertrauen? Hahaha. Was bist du doch für ein dummes, naives Kind. Hahahaha.

In der Schule ist es, als wäre nichts gewesen. Jacky und Nick haben das ganze Wochenende im Bett verbracht und Jacky zählt bis zum Erbrechen auf, bei welcher Musik sie es getan haben. *Jason Derulo. Katy Perry. Rihanna. Drunk in Love* von *Jay Z* und *Beyoncé,* weil Jacky sich das gewünscht hat. *All of me* von *John Legend,* weil Nick es gern wollte.

»Jaja«, seufzte Olivia in der Mitte der zweiten Stunde. »Ihr habt es die ganze Top 40 rauf und runter getrieben. Wir haben es kapiert.«

Zum ersten Mal bin ich eher mit Olivia auf einer Linie als mit Jacky. Ich hatte erwartet, dass Olivia Jacky alles brühwarm erzählen würde, aber wie es aussieht, hat sie den Mund gehalten. Olivia und ich haben vorher noch nie etwas geteilt, von dem Jacky nichts wusste. Es fühlt sich besser an, als ich gedacht hätte.

In der kleinen Pause hängen Jacky, Olivia, Nick und ich auf dem Schulhof ab, als Hanna angelaufen kommt.

Jacky sieht sie als Erstes. »Wuhuhuhu!«, kreischt sie. *»Work it, girl!«*

Und statt rot zu werden, zu Boden zu starren oder vor

Schreck zu stolpern, schnipst Hanna mit den Fingern in der Luft, stemmt die Hände in die Hüften und läuft ein paar Schritte über den Schulhof, als wäre er der Catwalk.

Neben mir pfeift Nick bewundernd durch die Zähne.

»Ist das Hanna?«, fragt Olivia.

Es ist eine absolut perfekte Version von Hanna. Sie trägt eine helle, teure Jacke, durch die ihre Haut brauner und gesünder wirkt. Ihre Haare glänzen und durch die epilierten Augenbrauen wirkt sie nicht mehr so jungenhaft, sondern wie ein Model, das nichts Besonderes nötig hat, um großartig auszusehen. Die Spitzen ihrer Segelohren, die aus ihren Haaren herausragen, wirken auf einmal süß und nicht außerirdisch.

»Und? Und? Und?«, frage ich, als sie bei uns angekommen ist. »Wie lief das Fotoshooting am Samstag? Hast du schon Bilder?«

Olivia streicht über Hannas Jacke. »Tolles Teil.«

»Danke.« Hanna lacht. Ein schönes, entspanntes Lächeln, statt ihr normales, viel zu breites Lachen. »Hat mir die Stylistin geschenkt. Weil sie mir so gut steht, hat sie gesagt.«

Sie zieht ihr Handy aus der Hosentasche und reicht es mir. »Wenn du nach rechts wischst, kommen noch mehr Fotos.«

Die anderen stellen sich um mich herum, als ich das erste Foto vergrößere.

Ich erkenne Hanna kaum. Das Mädchen auf dem Foto ist so schön, dass sich mein Gehirn automatisch auf die Suche nach einem Makel macht. Eine hässliche Nase, ein schiefer Zahn, ein schlecht überdeckter Pickel. Aber alles ist perfekt.

»Bist du das wirklich?«, fragt Jacky

»Das ist doch alles gephotoshopt, oder?« Olivia sieht Hanna erstaunt an.

Hanna schüttelt den Kopf. »Ich hab das direkt nach dem

Shooting mit meinem Handy gemacht. An diesem Foto ist noch nichts manipuliert.«

»Wow.« Olivia pfeift bewundernd. »Kennst du uns noch, wenn du demnächst berühmt wirst?«

»Wann erfährst du, ob du dabei bist?«

Ich wechsele zum nächsten Foto auf ihrem Handy. Es ist ein Close-up, der von so nah aufgenommen wurde, dass die dunklen Flecken in ihren Augen zu sehen sind.

»Erst am Freitag.« Hanna seufzt. »Freitag früh um zehn rufen sie mich an.«

»Wetten, du hast es geschafft?« Jacky legt sich ihr eigenes Handy ans Ohr. *»Is this Hanna?«,* fragt sie mit überzogenem französischem Tonfall. *»Congratulations. You're still in the running towards becoming Paris' Next Top Model.«*

Hanna verzieht das Gesicht in Jackys Richtung. »Du spinnst.«

Jacky hält ihr die Hand mit der Handfläche nach oben hin. »Worum wollen wir wetten? Dass ich dich sechs Sekunden lang mit Sprühsahne bespritzen darf, wenn ich recht habe?«

»Isabel?«, höre ich Nick im selben Moment sagen. »Bist du schon wieder in der Schule?«

Mit einem Ruck drehen wir uns alle zum Eingang. Ich erschrecke, als ich sie sehe. Isabel sitzt im Rollstuhl. Hinter ihr steht ihre Mutter. Der dicke weiße Verband auf Isabels Nase verdeckt den größten Teil ihres Gesichts. Isabel sieht noch viel schlimmer aus als vor ein paar Tagen, als ich sie das letzte Mal gesehen habe. Die blauen Flecken auf ihrer Wange sind ein bisschen mit Puder abgedeckt und über ihrer Lippe klebt ein hautfarbenes Pflaster. Ihre Haare sind im Nacken zu einem Knoten zusammengesteckt. Ihr steht der Schweiß auf der Stirn. Ihr Arm hängt in einer Schlinge, um die Hand, die immer noch verbunden ist, zu entlasten.

Mein Bauch zieht sich vor Schuldgefühlen zusammen. Seit Mittwoch habe ich nichts mehr von mir hören lassen. Ich hätte ihr zumindest eine Nachricht schicken können.

»Geht es einigermaßen?«, fragt Jacky. Sie klingt besorgt.

Isabel lächelt schief. Ich sehe ihr an, dass sie keine große Lust hat, uns hier zu treffen.

»Ja. Nein. Mir ist immer noch schrecklich schwindelig.« Sie zuckt die Achseln. »Kooijmans wollte unbedingt, dass ich herkomme und mit ihm über die ganze Sache rede.« Es klingt, als wäre sie damit nicht einverstanden.

»Oh Shit.« Nick blickt Isabel an, als wäre sie das Hässlichste, was er je im Leben gesehen hätte. »Die haben dich ganz schön erwischt.«

»Nick!« Jacky verpasst ihm einen Stoß gegen die Schulter und blickt Isabel und ihre Mutter schuldbewusst an. »Er meint es nicht so.«

Ich sehe, dass Isabels Mutter sich beherrschen muss, nichts zu sagen. Wahrscheinlich hat Isabel ihr ein Sprechverbot verpasst und sie will sich jetzt krampfhaft daran halten.

Isabel versucht nicht einmal, einen Witz daraus zu machen. »Ist schon gut, ich habe zu Hause auch einen Spiegel.« Sie schaut kurz zu Nick und mir. »Es sieht schlimmer aus, als es ist.«

»Hast du Schmerzen?«, fragt Olivia. »Du siehst aus, als wenn du schreckliche Schmerzen hättest.«

»Der Arzt hat mir Schmerzmittel verschrieben. Starke.« Sie schaut zu ihrer Mutter und gibt ihr ein Zeichen, dass sie gehen will. »Vielleicht ist mir darum auch so schwindelig.«

»Vielleicht«, sagt Olivia und lächelt sie lieb an. »Gute Besserung auf jeden Fall.«

»Ja, gute Besserung«, murmeln alle.

Eine unbehagliche Stille breitet sich aus, als wir angestrengt versuchen, nicht hinter den beiden herzustarren, als Isabels Mutter sie im Rollstuhl über den Schulhof schiebt.

»Muss man mit einer gebrochenen Nase wirklich im Rollstuhl sitzen?« Nick lacht leise.

»Du kapierst es echt nicht, oder?« Ich sehe ihn wütend an. »Sie hat auch drei gebrochene Rippen! Sie kann froh sein, dass sie nicht mehr im Krankenhaus liegt.«

Ich spüre, dass Jacky mich anstarrt, aber ich kann nicht anders. Ich kann Isabel jetzt nicht einfach gehen lassen, auch wenn ich mir geschworen hatte, mich nicht mehr einzumischen.

»Isabel! Warte!«

Ich sprinte über den Schulhof.

Isabel sagt zu ihrer Mutter, dass sie mich ignorieren soll.

»Hau ab, Jasmin. Du brauchst mich nicht zu bemitleiden.«

Ich stell mich vor den Rollstuhl und versperre ihr den Weg.

»Es tut mir leid, okay? Ich hab mich einfach nur erschreckt, weil du plötzlich in der Schule aufgetaucht bist. Das ist alles.«

Isabel starrt mich wütend an. Ihre Augen sind immer noch verquollen und violett, rot und schwarz. Sie sieht aus, als hätte sie seit Tagen nicht geschlafen.

»Es sei dir vergeben. Mama, wir können weiter.«

»Geht es einigermaßen?«

Isabel wirft den Kopf in den Nacken und stöhnt. »Echt, wenn mich das heute noch einmal jemand fragt, drehe ich durch. Guck mich doch an. Guck doch, wie ich aussehe! Was glaubst du wohl, wie es mir geht? Beschissen! So geht es mir!«

»Tut mir leid, okay? Wirklich.«

Ich sehe, dass sie versucht, die Tränen wegzublinzeln.

»Es war einfach dämlich von mir, jetzt schon wieder zur Schule zu kommen. Meine Mutter hat mich sogar gewarnt.

Alle werden dir Fragen stellen, Isabel. Alle werden wissen wollen, was am Samstag passiert ist, Isabel.« Sie sucht mit ihrer gesunden Hand die Hand ihrer Mutter und zwickt sie. »Wieso müssen Mütter eigentlich immer recht behalten?«

In diesem Moment wirkt sie so jung und verletzlich in dem Rollstuhl und mit dem Gesicht, das ihr so gar nicht mehr ähnlich sieht, dass ich sie am liebsten in den Arm nehmen und ihr tausend Mal sagen würde, dass alles gut wird.

Tonlos sagt sie: »Ich hab meine Anzeige bei der Polizei zurückgezogen.«

Mein Herzschlag dröhnt mir in den Ohren. »Was? Warum?«

»Ich will, dass es aufhört.«

Die Tränen kommen ihr für jemanden, der normalerweise nie heult, sehr schnell. Diese neue Isabel hat schon so viel geheult, dass es ihr egal ist, wenn es in der Öffentlichkeit passiert.

»Ich bin es leid, vor allen Angst zu haben. Bei jedem, der mich anspricht, denke ich: Warst du es? Warst du derjenige, der weiter auf mich eingetreten hat, als ich am Boden lag?« Sie schluckt mühsam. »Vielleicht war es Demi. Oder Danique. Jemand, mit dem ich Tag für Tag in der Klasse sitze, oder jemand, den ich gar nicht kenne.« Mit dem Jackenärmel wischt sie sich die Tränen vom Kinn. »Oder vielleicht war es überhaupt niemand von unserer Schule und ich komme nie dahinter.« Sie sieht durch mich hindurch in die Ferne. »Ich will einfach, dass das aufhört. Ich hasse es, nicht zu wissen, vor wem ich Angst haben muss. Und deshalb habe ich meine Anzeige zurückgezogen. Vielleicht sieht der Täter dann keinen Grund mehr, den Mund zu halten. Wenn er aus Angst vor der Polizei geschwiegen hat, hat sich das jetzt erledigt. Die Polizei geht die Sache nichts mehr an.«

Der Schulgong zur dritten Stunde schrillt über den Schulhof. Aus dem Augenwinkel sehe ich, wie Jacky mir anzeigt, dass ich mich beeilen soll. Verzweifelt bleibe ich stehen.

»Vielleicht warst es ja auch du«, sagt Isabel leise. »Vielleicht bist du deshalb zu mir gekommen. Um deine Schuldgefühle loszuwerden.« Ihre Stimme besteht aus unzähligen kleinen Rissen. »Warst du es, Jasmin?«, fragt Isabel dann. »Warst du das, am Samstag? Es ist mir egal, wenn du es warst, ehrlich. Ich wäre nicht wütend auf dich. Aber sag mir die Wahrheit. Warst du es?«

Isabels Mutter umklammert die Griffe des Rollstuhls so heftig, dass die Fingerknöchel ganz weiß werden. »Isa...«, sagt sie vorsichtig.

»Mama, ich will das wissen.«

Ich muss es ihr sagen. Jetzt muss ich ihr sagen, dass ich am Samstag bei der Abrechnung dabei war. Wenn ich es jetzt nicht sage, sage ich es nie und laufe bis zum Ende meines Lebens mit Schuldgefühlen herum.

»Jas!«, höre ich Jacky rufen. »Komm! Wir müssen los!«

Isabels Lippe zittert. Es fehlt nicht viel und sie weint wieder.

Meine Stimme ist leise, fast ein Flüstern. »Ich habe wirklich nicht zugetreten, Isabel, ehrlich nicht. Ich habe dich nicht getreten. Das musst du mir glauben.«

»Aber du standest dabei?« Die Stimme von Isabels Mutter klingt, als wäre sie kurz vor dem Zerspringen. »Du standest dabei und hast nichts getan? Wie konntest ...«

»Mama!«

»Es tut mir leid.« Ich sehe sie an, sehe Isabel an. Aber es ist, als ob vor ihrem Gesicht eine Tür zugeht und ich für sie eine Fremde werde.

Und dann bin auf einmal ich es, die gegen einen Weinkrampf ankämpft. »Es tut mir so leid, dass ich dich im Stich gelassen habe. Dass ich dich schon wieder im Stich gelassen habe.«

Am Abend komme ich viel zu spät nach Hause. Ich habe meiner Mutter geschrieben, dass ich bei Jacky zum Essen bleibe, in Wirklichkeit aber bin ich allein das ganze Stück zum Wald am Westervenn gefahren und habe mir auf dem Rückweg an der Bude, an der ich früher immer mit meinem Vater Pommes gekauft habe, etwas zu essen geholt. Ich musste den Kopf freikriegen, meinen Körper müde machen. Aber sosehr ich auch gegen den Wind ankämpfte, ich bekam Isabels Blick nicht aus dem Kopf.

Ich wünschte, ich hätte es ihr nicht gesagt. Ich wünschte, ich hätte meine Schuldgefühle heruntergeschluckt.

Das ist genau das, was ich meine: Es behaupten zwar alle, dass sie die Wahrheit wissen möchten, aber eigentlich wollen sie das nur, wenn sie zu ihrer eigenen Wahrheit passt. Es ist besser, wenn man manche Dinge nicht weiß. Wissen ist nicht Macht: Es kann dich machtloser machen als vieles andere. Isabel hat mich angeschaut, als wäre ich die schlimmste Verräterin aller Zeiten. Auf einmal zählte es nicht mehr, dass ich ihr die Wahrheit gesagt, sondern nur, dass ich sie so lange verschwiegen hatte. Gesagt hat sie nichts, aber ich habe gesehen, dass tief in ihr etwas kaputtgegangen ist, das ich durch Reden nicht mehr heil machen kann.

»Jas, bist du das?«

Sobald ich die Hintertür öffne, ruft meine Mutter schon aus dem Wohnzimmer nach mir. Mit dem Fuß schiebe ich die Küchentür ein Stück auf. So gut es geht, verberge ich mein Gesicht hinter der Scheibe mit dem geriffelten Glas.

»War es schön bei Jacky?«

»Ja. Wir haben Spaghetti gegessen.«

Ich erschrecke, wie leicht mir die Lüge über die Lippen kommt

»Setz dich trotzdem zu uns.« Meine Mutter klopft auf den freien Platz neben sich auf dem Sofa. Es ist mein fester Platz, genau wie auf der linken Seite des ockergelben Sofas ihr Platz ist und auf dem schwarzen Schlafsessel Floors. Auch jetzt sitzt Floor in dem Sessel, die Beine über die Lehne geschwungen. Ihr Blick wandert vom Fernseher zu dem Laptop auf ihrem Schoß. Floor ist die Einzige, die ich kenne, die zwei Fernsehsendungen gleichzeitig anschauen und wirklich bei beiden alles mitkriegen kann.

»Floor hat Schokokekse gebacken.«

»Nutella-Brownies, Ma«, murmelt Floor, ohne sich die Kopfhörer aus den Ohren zu ziehen. »Nein! Nicht Anne!« Mit einem Ruck nimmt sie sie jetzt doch heraus und dreht den Laptop herum. »Verstehst du, wieso die hier *America's Next Top Model* gewonnen hat?«

Auf dem Bildschirm ist ein Mädchen zu sehen, das am ehesten an ein Streichholz mit Make-up erinnert. Sie ist grauenvoll dünn, hat einen Wuschelkopf und Segelohren und ist bildhübsch.

Ich lasse mich neben meiner Mutter aufs Sofa fallen. »Sie erinnert mich an Hanna.«

Floor runzelt die Stirn. »An deine Hanna? Hanna, die eher aussieht wie Hans?«

»Floor!«, sagt meine Mutter.

»Stimmt doch! Du musst zugeben, dass sie ziemlich jungenhaft rüberkommt.«

Ich beiße ein Stück von meinem Brownie ab. »Sie modelt vielleicht demnächst in Paris.«

»Quatsch.«

Ich schlucke den Bissen runter. Es schmeckt pappsüß und ist jetzt genau das, was ich brauche. »Du hättest heute Morgen ihre Fotos sehen müssen. Es war, als wäre sie jemand anderes.«

»Echt? Hanna? Was haben sie denn mit ihren Ohren angestellt? Haben sie die festgeklebt oder was?«

»Pst! Seid mal ruhig!« Meine Mutter greift nach der Fernbedienung und dreht die Lautstärke hoch. Im Fernsehen ist eine Sprecherin des Regionalsenders zu sehen. Sie sitzt hinter einem Tisch und rechts über ihr ist ein Foto vom Wald am Westervenn eingeblendet. Darunter steht in fetten weißen Großbuchstaben: ILLEGALE PARTYS.

»... werden sogenannte Kampfspiele abgehalten, bei denen sich die Opfer für Geld freiwillig treten lassen. Die Polizei tappt noch immer im Dunkeln über die Umstände der illegalen Partys.«

Das Bild wechselt zu einem Mann in Polizei-Uniform. Es ist ein ganz normaler Mann, ein Mann von der Art, wie Tausende herumlaufen, aber ich erkenne ihn sofort. Es ist Scholten.

»Diese Feste sind illegal, weil sie ohne Genehmigung stattfinden. Zusätzlich haben wir Grund anzunehmen, dass hier gratis Alkohol und Drogen an junge Menschen ausgegeben werden und diese unter entsprechendem Einfluss an den brutalen Kampfspielen teilnehmen.«

»Als ob es Kampfspiele gäbe, die nicht brutal sind«, murmelt Floor.

»Ruhig jetzt«, sagt meine Mutter.

Wieder erscheint die Sprecherin auf dem Bildschirm. »Weitere Informationen erhalten Sie bei der Polizei unter der landesweiten Telefonnummer 0900-8844.«

Danach zeigt ein Barometer, dass es morgen bei vier Grad regnen soll.

»Gut, dass die Polizei etwas dagegen unternimmt.« Meine Mutter klingt erleichtert.

Ich höre, dass ich viel zu schnell und heftig atme. Es ist ganz klar, dass meiner Mutter das auffallen wird. Sieht sie denn nicht, dass ich kurz davor stehe, in ohrenbetäubendes Gekreische auszubrechen? Ich zwinge mich, den Wetterbericht anzuschauen und meine Atmung unter Kontrolle zu bekommen. Wie atmet man normal?

Floor verdreht die Augen und steckt sich die Kopfhörer wieder in die Ohren. Auf dem Laptop sehe ich Anne, das Streichholz, vor Glück lautlos weinen.

Mitten in der Nacht schrecke ich durch ein dumpfes Geräusch hoch. Ich habe das Gefühl, gerade erst eingeschlafen zu sein. Direkt nach der Nachrichtensendung bin ich ins Bett gegangen, und schon als ich vom Sofa aufstand, war ich mir sicher: Meine Mutter wusste, dass ich etwas mit der Party zu tun hatte. Ich gehe sonst nie schon um zehn nach neun ins Bett.

Bumm! Bumm! Bumm!

Im ersten Moment denke ich, dass ich träume, dass ich in dem dämmrigen Zwischenbereich zwischen Schlafen und Wachsein feststecke. Dann aber erstarre ich. Noch bevor mir wirklich klar wird, dass jemand gegen mein Fenster klopft, spüre ich, dass irgendetwas nicht stimmt.

Mein Fenster zittert vor Erschütterung. Eine eiskalte Welle durchzieht meinen Körper und gleichzeitig wird mir glühend heiß. Ich wage es nicht, mich zu rühren oder auch nur zu zwinkern. Das Klopfen wird jetzt so laut, dass ich befürchte, die Faust bricht gleich durch die Scheibe und im nächsten Moment steht jemand bei mir im Zimmer.

Bumm! Bumm! Bumm!

Meine Hand fühlt sich kalt an, als ich die Bettdecke von mir werfe. Mit nackten Füßen und zittrigen Beinen gehe ich zum Fenster. Ich habe solche Angst, dass mir fast schlecht wird. Mein Herz rast wie verrückt.

Und dann – ich weiß nicht, woher ich den Mut nehme – ziehe ich mit einem Ruck die Gardine auf.

Ich sehe direkt in das Gesicht eines Hasen.

Die Gestalt auf der anderen Seite des Fensters ist vollständig in Schwarz gekleidet. Sie trägt eine Kapuze und eine Hasenmaske. Es ist genau dieselbe Maske wie die von der ersten Party, mit den hohlen Wangen und dem kleinen seltsamen Kussmund.

Ich will schreien, aber ich weiß auch, dass kein Ton aus meinem Mund kommt, wenn ich jetzt zu schreien versuche. Mein gesamter Körper macht zu, während mich der Hase die ganze Zeit anstarrt, die Faust noch immer in der Luft.

Er beugt den Kopf vor, sodass seine kleine rote Nase beinahe die Scheibe berührt. Ich kann nicht anders, als ihm direkt in die Augen zu sehen, die nichts als schwarze Löcher sind.

Er öffnet die Faust und hält sein Handy hoch. Das Display leuchtet auf und ein gelbes Feld mit schwarzen Linien erscheint. Auf den Linien steht in Schreibschrift:

Morgen, 20 Uhr. Hasenweg. Komm allein.

Das Blut wird so schnell durch meinen Kopf gepumpt, dass ich nicht mehr klar denken kann. Der Hase schaltet das Handy aus und legt sich einen behandschuhten Zeigefinger an den Mund.

Regel Nummer eins: Schweig wie ein Grab über die Party.

Ich vermute, dass die Person hinter der Maske jetzt das breiteste und fieseste Lächeln aller Zeiten auf dem Gesicht trägt. Er genießt es. Er genießt es, mich immer weiter an den

Rand zu drängen, so lange, bis ich von selbst in den bodenlosen Brunnen des Wahnsinns springe.

Ganz langsam bewegt er seinen rechten Arm, den er hinter seinem Rücken verborgen hatte.

Ich weiß, dass es ein Test ist. Dass ich jetzt beweisen soll, dass ich den Mund halten kann. Aber ich weiß auch, dass ich in diesem Test grandios versagen werde.

Es ist nicht der unerwartete Schritt, den der Hase nach vorne macht, der mir den Atem nimmt. Es ist die tote Ratte, die er am Schwanz hochhält.

Ich öffne den Mund und schreie wie verrückt los.

17

Durchgefroren reibe ich mir die Oberarme und spähe in den Hasenweg. Meine Winterjacke wärmt mich nur wenig. Das ist das Schlimmste an diesem kahlen Ort. Wohin ich auch sehe, überall nur Acker, nichts als Acker. Die Felder werden nur von verharschten Wegen durchbrochen, die rechtwinklig aufeinander zulaufen. Nur am Graben neben dem Hasenweg stehen vereinzelt kahle Bäume. Im Frühsommer blühen sie wunderschön, erinnere ich mich. Als Floor und ich noch klein waren, sind wir hier regelmäßig am Samstag mit unseren Eltern spazieren gegangen. Mein Vater rauchte dann eine Zigarre und meine Mutter aß einen Apfel. Floor und ich hatten in neun von zehn Fällen Springseile dabei und sprangen den Hasenweg rauf und runter, ohne müde zu werden. Soweit ich mich erinnere, haben wir in der ganzen Zeit nur ein einziges Mal einen Hasen gesehen.

Die weite Ebene aus Feldern und Sand hat sich früher befreiend angefühlt, jetzt fühle ich nichts als Beklemmung. Früher hätte ich überallhin laufen können. Jetzt kann ich nirgendwohin. Jetzt sitze ich in der Falle wie eine Ratte.

Es ist vielleicht naiv, aber erst gestern Abend habe ich kapiert, was man mir mit der Ratte sagen wollte. Bei der Ratte im Klo konnte ich mir noch einreden, dass es Zufall war. Bei der toten Ratte nicht mehr.

Ratte gleich Verräter.

Zum x-ten Mal checke ich auf meinem Handy die Zeit. 19.57 Uhr. Er muss jeden Moment kommen. Ich kämpfe gegen den Impuls, jetzt – JETZT! – mein Rad zu packen und so schnell wie möglich abzuhauen.

Meine Mutter dachte gestern, ich sei verrückt geworden, als ich mitten in der Nacht so geschrien habe. Ich hatte nicht einmal Zeit, mir eine Ausrede einfallen zu lassen. »Eine Ratte«, habe ich gestammelt, als sie atemlos in mein Zimmer gestürzt kam. »Da war …« Draußen war die Gestalt mit der Maske natürlich längst verschwunden. »Ich dachte, ich hätte eine Ratte gesehen.«

Meine Mutter betrachtete mein entsetztes Gesicht und die weit aufgerissene Gardine. »Hattest du einen Albtraum?«

Wenn sie wüsste, wie recht sie hatte.

Ich spüre ein leises Tippen auf meiner Jacke und halte die Hand auf. Regen. Auch das noch. Ich verkrieche mich tiefer in meine Jacke und blicke auf mein Handy. 19.59 Uhr. Um 20 Uhr bin ich weg.

Weit in der Ferne taucht ein Auto auf. Es kommt in einem Affenzahn näher.

Es ist ein altes Auto. Eine Rostlaube, würde Floor sagen. So ein Auto, das an allen Ecken und Enden ruckelt und über Erschütterungen in der Straße kriecht, weil es sonst auseinanderfällt. Schon von Weitem höre ich die tiefen Bässe von Rap-Musik.

Als das Auto in den Hasenweg einbiegt, versuche ich, alle Details in mich aufzunehmen. Farbe: Rot. Marke: Keine Ahnung. Kennzeichen: AF-34-ZP. Auffälligkeiten: Das linke Licht ist kaputt.

Mein Herz klopft wie verrückt und das Blut steigt mir in den Kopf.

Das Auto ist ein Hinweis, überlege ich. Der Fahrer muss auf jeden Fall achtzehn sein und einen Führerschein haben. Aber sofort verwerfe ich meine Theorie wieder: dass er ein

Auto hat, sagt gar nichts. Ich kenne genug Jungs, die ohne Führerschein herumgondeln.

Matsch spritzt auf, als das Auto direkt vor mir scharf bremst. Ich umklammere mein Handy, bereit, die Polizei zu rufen, falls es nötig ist.

Drei Personen mit Sturmhauben steigen aus.

Sie umkreisen mich langsam und bleiben schließlich mit gespreizten Beinen stehen, lassen ihre Hände gefaltet vor dem Schritt hängen. Falls sie mich damit einschüchtern wollen, ist es ihnen gelungen. Ich stehe mit dem Rücken zum Auto.

Der Größte der drei hat die untere Hälfte seiner Sturmhaube so weit hochgerollt, dass sein Mund frei liegt. Es sieht unnatürlich aus: halb Krimineller, halb Mensch. Ich versuche, seine Augen einzufangen, aber er blickt starr zu Boden. Die anderen beiden tragen Sonnenbrillen mit schwarzen Gläsern über der Sturmhaube. Die Bügel der Brillen verschwinden in Löchern, die schludrig oberhalb der Ohren in die Sturmhauben geschnitten worden sind. Alle drei haben schwarze Lederhandschuhe an, die ich von der Abrechnung wiedererkenne. Ihre Chucks sind so voller Matsch, dass ich nicht sehen kann, ob auf einem von ihnen ein Kreuz ist.

Ich versuche, alle Details zu registrieren, aber weil es immer heftiger regnet, muss ich viel zu oft blinzeln.

»Und jetzt?« Ich keuche, um das Zittern aus meiner Stimme zu bekommen. »Ich steige garantiert nicht in dieses Auto. Glaubt das bloß nicht.«

Der kleinere von den beiden Sonnenbebrillten zeigt mir sein Handy. Ich bin höchstens einen Meter von ihnen entfernt. Mit der Hand beschirme ich meine Augen. Auf dem Display steht ein getippter Text.

Küss sechs Sekunden lang. Wenn der Alarm losgeht, ist Schluss.

Das kann nicht sein Ernst sein. Das kann nicht ihr Ernst sein. Ich weiß nicht, ob ich lachen oder schreien soll.

»Habt ihr sie noch alle?« Ich habe das Gefühl, schreien zu müssen, um das Geräusch des strömenden Regens zu übertönen. »Ihr glaubt doch nicht, dass ich irgendeinen Wildfremden küsse? Was glaubt ihr eigentlich, wer ihr seid?« Ich trete meinen Fahrradständer nach oben und mache Anstalten wegzufahren. »Viel Spaß noch.«

Langsam zieht die zweite Gestalt mit Sonnenbrille ein zusammengefaltetes weißes Papier aus der Jackentasche. Fast, als hätte er die Bewegung zu Hause eingeübt. Es ist ein DIN-A4-Blatt, das zwei Mal gefaltet ist. Auf der Vorderseite steht ein großes X.

Sie haben mich genau da, wo sie mich haben wollen. Ich weiß nicht, was auf dem Zettel steht, aber ich weiß, dass ich es wissen will.

Es regnet so heftig, dass die schwarze Tinte des X zu verlaufen beginnt.

»Steck das Papier wieder in die Tasche«, schnauze ich. »Sonst ist es nicht mehr lesbar.« Ich stelle mein Fahrrad wieder auf den Ständer. »Gut, ich tu es.«

Der Junge, der mir gegenübersteht, hat immer noch nicht aufgesehen. Ist er es, den ich küssen soll? Ist er deshalb der Einzige, dessen Mund ich sehen kann?

Irgendwo in meinem Hinterkopf klingelt eine Alarmglocke, aber es rasen zu viele Gedanken durch meinen Kopf, um darauf zu achten.

Ich mache einen großen Schritt nach vorn. Jetzt stehe ich so nah vor dem Jungen, dass ich seinen Atem an meinen Lippen spüre. Ich sehe, dass sich seine langen schwarzen Wimpern fächerförmig um seine Augen biegen. Die Regentropfen bleiben in ihnen hängen.

Ich kenne diese Wimpern, das kantige Profil, das Kinn mit den Stoppeln. Ich bin ihm schon früher so nah gewesen.

Das kann nicht wahr sein.

Seth.

Es ist Seth.

»Seth?«

Warum schaut er immer noch zu Boden?

»Seth!«

Meine Angst verwandelt sich immer mehr in Wut. Wenn es tatsächlich Seth ist, warum sieht er mich dann nicht an? Was tut er hier? Gehört er zur Organisation?

»Seth!«

Einen winzigen Moment lang zuckt er zusammen. Höchstens einen Millimeter, aber ich habe es deutlich wahrgenommen.

Jetzt weiß ich sicher, dass er es ist. Ich weiß nicht, was für ein krankes Spiel sie hier spielen wollen, aber Seth ist auf jeden Fall ein Teil davon.

Der Typ mit der Sonnenbrille hält noch einmal sein Handy hoch. Macht hin, scheint er sagen zu wollen. Ich murmele etwas vor mich hin.

Küss sechs Sekunden.

Niemand hat gesagt, dass es ein Zungenkuss sein muss.

Viel zu grob lege ich Seth eine Hand in den Nacken und ziehe sein Gesicht zu mir. Jetzt bloß nicht nachdenken. Einfach handeln.

Ich presse die Lippen fest aufeinander. Sein Mund auf meinem fühlt sich hart und weich zugleich an. Ich könnte heulen. Ich kneife die Augen zusammen und zwinge mich selbst, bis sechs zu zählen. Okay. Stell dich nicht so an, Jas! Sechs Sekunden sind ...

»Ich kann das nicht.«

Mit dem Ärmel meines durchweichten Pullis wische ich mir über den Mund. Ich sehe die zwei Gestalten an, die mich immer noch ununterbrochen anstarren. Und wenn es hundert Mal Seth ist, ich bin nicht bereit, hier mitzumachen.

»Tut mir leid, aber ich kann das echt nicht.«

Die Jungs mit den Sonnenbrillen verharren bewegungslos, während ihnen die Regentropfen auf die Gläser fallen. Sie sehen aus wie Standbilder.

»Lasst euch was anderes einfallen. Ehrlich, ich …« Plötzlich macht Seth einen Schritt auf mich zu, packt mich und presst mich mit dem Rücken gegen das Auto. Mit einem Schlag weicht sämtliche Luft aus meinen Lungen. Ich versuche, Konturen zu unterscheiden, aber er ist auf einmal so nah, dass ich nichts mehr erkennen kann. Ich denke kurz, dass er mir wehtun will, aber gleich darauf fühle ich seine Hände zu meinem Nacken wandern. Mit gespreizten Fingern gleiten seine Hände zu meinem Hinterkopf und wühlen sich durch mein nasses Haar. Wie von selbst kippe ich meinen Kopf in seine Hände, spüre den Regen auf meine Stirn klatschen. Ich höre, wie flach sein Atem in der Brust geht. Er atmet schwer und zu schnell, um entspannt zu sein. Im Ohr höre ich ein Klopfen und ich weiß nicht mehr, ob es die Musik aus dem Auto ist oder mein Herzschlag, aber es spielt auch keine Rolle. Mein Magen zieht sich zusammen, als ich seine Lippen auf meinen fühle. Mein Körper hat schon lange das Denken übernommen und reagiert einfach. Ich suche mit den Händen seine Schultern, seinen Nacken durch den durchweichten Hoody hindurch und ziehe sein Gesicht näher zu mir. Einer von uns beiden, das könnte er sein oder auch ich, lacht leise, als meine Zunge seine findet. Seine Zunge fühlt sich kühl und warm zugleich an. Selbstbewusst gleiten seine Hände über meinen Rücken, meine Wirbelsäule, krümmen sich um meine

Schultern. Ich will Dinge, die ich bisher nicht gewollt habe, nie zuvor gewagt hätte. Ich will, dass er …

TRRRRIIIIIIIIIING! TRRRRRIIIIIIIIIIIIIIIIIING! TRRRRIIIIII-ING!

Er lässt mich los. Ich kann mich nicht bewegen, selbst wenn ich wollte, und ich will auch gar nicht. In einer Parallelwelt bekomme ich mit, dass die Gestalten mit den Sonnenbrillen um das Auto herumlaufen. Der Breitere nimmt am Steuer Platz, der Schmalere setzt sich auf die Rückbank.

Sie gehen weg, er geht weg, noch bevor ich hundert Prozent sicher bin, dass es Seth war.

Ich will ihn noch einmal küssen, auch wenn es meine letzten sechs Sekunden wären.

»Ich … Se… Se…?« Ich will Seth sagen, aber ich komme nicht weiter als dieses Gestottere.

Er gibt mir einen Kuss aufs Haar, grummelt etwas Unverständliches, schiebt mich sanft zur Seite und steigt ins Auto. Sekunden später rast das Auto los.

Ich falle auf die Knie. Vor meinen Füßen liegt der Zettel, der in der Eile im Matsch gelandet ist.

18

Meine Finger zittern zu heftig, um das Papier in einem Ruck aufzufalten. Erst als ich meinen Daumen anlecke und es danach noch einmal versuche, schaffe ich es. So nervös war ich noch nie. Es fühlt sich an, als wäre ich kurz davor, ein fremdes Tagebuch zu lesen, ein Tagebuch, das mit Informationen vollgestopft ist, die nicht für mich bestimmt sind. Meine Augen werden automatisch von den dicken schwarzen Druckbuchstaben über einer Liste angezogen,

GÄSTELISTE (M)

»M« steht für »Männlich« nicht für »Mädchen«, denn die Liste ist voller Jungennamen.

~~Thijs Mannenschijn~~, Ruud Neurink, ~~Nick Ploeger~~

Einige Namen sind durchgestrichen, hinter anderen steht ein Stern.

*Steven Waster * ~~Pepijn de Groot~~*

Fast ganz unten fällt mir einer der durchgestrichenen Namen auf. Die Alarmglocken in meinem Kopf klingeln jetzt so laut, dass ich sie nicht länger ignorieren kann. Dies ist der Beweis, dass er doch auf dem Fest gewesen ist.

~~Seth Buitenhuis~~

Das quietschende Geräusch von Autobremsen lässt mich aufblicken. Ich sehe gerade noch, wie ein ganzes Stück entfernt ein Junge aus dem Auto fällt. Geschubst wird. Er bleibt wie tot liegen, als der Fahrer danach sofort wieder heftig Gas gibt und mit quietschenden Reifen weiterrast.

Ich springe aufs Rad und stelle mich auf die Pedalen, um

schneller zu sein. Die Wut darüber, dass Seth offensichtlich der Organisation angehört, ist auf einmal verraucht. Jetzt mache ich mir nur noch Sorgen.

»Seth! Seth!«

Meine Beine tun schon nach ein paar Sekunden total weh, so viel Anstrengung mute ich ihnen zu. Ich rase in voller Fahrt durch matschige Regenpfützen, ich muss so schnell wie möglich zu ihm. Er hat sich immer noch nicht bewegt.

Als ich fast bei ihm bin, springe ich vom Rad und knie mich neben ihn. »Seth!«

Er liegt mit geschlossenen Augen zusammengekrümmt auf dem Boden wie ein Embryo und stöhnt leise. An seiner rechten Wange klebt Blut. Er scheint nicht zu wissen, dass er mitten auf dem Weg im Regen liegt.

Mit kalten, steifen Fingern packe ich die Sturmhaube unten an und ziehe sie ihm vom Gesicht.

Es ist wirklich Seth.

Ich lege meine Hand an seine Wange und reibe mit dem Daumen unter seinem Auge entlang. Vorsichtig öffnet er die Augen: erst ein Stückchen, dann ganz.

»Ich wusste es auch nicht.« Er stöhnt. »Du musst mir glauben, Jasmin.«

»Was wusstest du nicht?«

Seth richtet sich auf. Er verzieht das Gesicht und greift nach seiner rechten Hand.

»Lass mich mal fühlen.« Mit den Daumen taste ich durch die Handschuhe hindurch die Knochen seiner rechten Hand ab. Ich spüre keinen Bruch, aber das sagt natürlich nichts. »Es kann auch geprellt sein.«

Seth hat mich noch immer nicht angesehen. Regentropfen sammeln sich unter seinem Kinn, aber er scheint es nicht zu merken.

»Was sollte das, Seth?« Ich mache eine Handbewegung zum Hasenweg, wo wir vor nicht mal fünf Minuten gezwungen wurden, uns zu küssen. »Was zum Teufel treibst du?«

Seth zieht mit den Zähnen den linken Handschuh aus.

»Guck mal«, sagt er und zeigt mir seine Hand. Er zittert. Seine Knöchel sind immer noch rot und aufgeschrammt.

»Oh.« Gleich muss ich heulen, ich spüre es genau. Will er mir jetzt etwa eine toughe Story über die Abrechnung auftischen? Mir weismachen, dass es ihm auch wehgetan hat, Isabel zusammenzuschlagen? Wird er sich wirklich so erniedrigen?

»Ich bin vom Scooter gefallen.«

Was?

Mit einem Schlag gewinnt meine Wut wieder die Oberhand. »Hau doch ab, Mann.«

Ich will aufstehen, aber Seth hält mich zurück.

»Letzte Woche, bei der Party. Es war dunkel im Wald und ich bin viel zu schnell auf die Fahrradwiese eingebogen. Dabei bin ich weggerutscht und gegen eine ganze Reihe Mofas geschlittert. Alle sind umgefallen.« Er spricht so gehetzt, dass er mehr als die Hälfte der Wörter zusammenzieht. »Ich habe so getan, als hätte ich nichts bemerkt, hab den Scooter weggestellt und ...«

»... bist auf die Party gegangen«, beende ich den Satz für ihn.

»Aber nur ganz kurz. Ich war schon lange vor der Abrechnung weg. Direkt nachdem Jacky mir den Schlüssel zu ihrem Haus gegeben hatte, bin ich gegangen.« Er schweigt kurz. »Ich konnte nicht länger bleiben. Ich wollte so schnell wie möglich weg.« Er senkt den Blick. Ich sehe, dass er seinen gesamten Stolz herunterschlucken muss, um das auszusprechen. »Ich dachte, ich käme davon. Dass niemand gesehen hätte, wie ich die Mofas umgefahren habe. Bis ich auf einmal diese Mail bekommen habe. Ich werde erpresst.« Er schweigt und betrachtet seine Hand, die er zu einer Faust ballt und dann wieder entspannt. »Du musst mir glauben, Jas. Ich weiß nicht, zu wem ich ins Auto gestiegen bin. Ich hatte auch keine Ahnung, was sie vorhaben. Ich dachte, sie wollten mir eine verpassen, und ich fand, dass ich das auch verdient hätte. Ich hatte keine Wahl, ich musste ins Auto steigen und mitfahren. Ich habe für ich weiß nicht wie viel Euro Schaden verursacht, das kann ich doch niemals zurückbezahlen.«

Langsam fallen alle Puzzleteile an ihren Platz.

»Du wusstest es also auch nicht?«

»Dass wir uns küssen sollten?« Seth sieht mich an. Noch nie zuvor hat er so verletzlich ausgesehen. »Nein, ich wusste es nicht, bis du es gesagt hast, als dir der Typ das Handy hingehalten hat. Ich hatte vorher keine Ahnung, was auf dem Display stand.«

Seth blickt wieder konzentriert auf seine Hand. »Ich habe mir gerade im Auto tausend Mal vorgenommen, einem von ihnen die Maske vom Gesicht zu ziehen. Ich hatte es wirklich vor, bis der Idiot auf einmal auf die Bremse gestiegen ist und mich aus dem Auto geworfen hat.«

Ich sehe auf Seths kaputte Hände. Er hat mir also tatsächlich von Anfang an die Wahrheit gesagt. Die Wunden an seiner Hand stammen wirklich von dem Sturz mit dem Scooter.

»Dass sie hinter mir her sind, kapier ich«, sagt er dann. »Aber was hast du mit denen zu schaffen?«

Jetzt bin ich es, die den Blick abwendet. In meinem Kopf herrscht Chaos.

»Hat es etwas mit Nick zu tun?«, fragt Seth. »Willst du immer noch unbedingt wissen, ob er dealt?«

Ich schüttele den Kopf. Es kommt mir vor, als wäre es eine

Ewigkeit her, dass ich Nick auf meiner Liste der Verdächtigen hatte.

Seth legt mir seine Fingerspitzen unters Kinn und hebt meinen Kopf an. In dem Moment will ich nichts so sehr, wie meine Arme um ihn legen und mein Gesicht an seinem Hals vergraben.

»Was ist denn?« Er streichelt mir sanft über den Rücken.

Und dann sag ich es. »Ich will wissen, wer Isabel so zugerichtet hat.«

Seth weicht zurück. »Warum? Warum um alles in der Welt willst du das wissen?«

»Weil derjenige Isabel krankenhausreif getreten hat. Weil sie drei geprellte Rippen und eine gebrochene Nase hat. Darum.«

»Was willst du denn? Dass du auch so endest?« Seth schüttelt den Kopf. »Du hast doch gerade gesehen, wie sie mich aus dem Auto geworfen haben. Du hast keine Ahnung, wozu sie in der Lage sind.«

Ich beiße mir von innen in die Wange.

»Hör zu, Jasmin. Sie wollen die Party um jeden Preis geheim halten.« Er senkt die Stimme, als ob er Angst hat, dass er selbst hier – fernab der Zivilisation – abgehört wird. »Was glaubst du denn, warum alle so gekleidet sein müssen, dass man sie nicht erkennt?« Er wartet meine Antwort nicht ab. »Dort geschehen Dinge, die nicht ans Tageslicht kommen sollen. Für viel Geld wird mit Drogen gehandelt. Glaubst du, dass sie auch nur einen Gedanken daran verschwendet haben, was mit Isabel geschehen ist? Das Ganze ist viel größer, als du dir vorstellen kannst, Jas. Diese Partys gibt es schon lange und es ist nie rausgekommen, wer dahintersteckt. Nie! Und du wirst es auch nicht herausfinden. Das sind gefährliche Typen. Die verraten sich nicht und sorgen dafür, dass es auch sonst keiner tut.« Er legt mir die Hand an die Wange. »Regel Nummer eins: Schweig wie ein Grab über die Party.«

Eigentlich will ich protestieren, aber all meine Energie scheint verbraucht zu sein.

Sie stehen nachts mit toten Ratten vor meinem Fenster. Bewerfen mich mit Eiern. Schmeißen ohne Skrupel Menschen aus Autos. Bedrohen und erpressen. Hab ich das Ganze wirklich bisher nicht ernst genug genommen? Wäre es besser, mich an die Regeln, an diese eine, einfache Regel, zu halten?

Ich lasse mich auf den Rücken fallen und es ist mir egal, dass meine Jacke nass wird und mir der Regen aufs Gesicht prasselt.

Ich kann das nicht mehr. Ich will das nicht mehr. So schlimm das alles auch für Isabel ist und so gern ich ihr helfen möchte, ich bin raus aus der Sache.

Ich bin so was von raus.

19

Mittwoch und Donnerstag gleiten an mir vorbei, ohne dass ich es mitkriege. Ich bin wie eine Kopie meiner selbst und verhalte mich so, wie ich denke, dass ich mich verhalten müsste.

Die ganze Zeit habe ich gedacht, dass ich gegen die Organisation ankomme, und war so mit Dingen beschäftigt, die nicht da waren, dass ich für die Tatsachen blind war. Es war wirklich bescheuert zu denken, ich könnte einfach mal eben herausfinden, wer X ist. Auf der ersten Party waren mindestens siebzig, achtzig Leute. Auf der zweiten wahrscheinlich doppelt so viele. Wie sollte ich aus so vielen Menschen den Richtigen herausfischen? Es erfordert keine übermenschlichen Fähigkeiten, sich klarzumachen, dass dieser Plan chancenlos ist und immer war. Ich weiß nicht, wer auf der Party gewesen ist. Okay, abgesehen von einer Handvoll Leute. Ich weiß nicht, wer zur Organisation gehört. Ich weiß nicht einmal, wo und wann und ob überhaupt eine nächste Party stattfindet. Genauso wenig weiß ich, ob X ein Bekannter von mir ist. Ob er oder sie bei mir auf der Schule ist. Ob es ein Er oder eine Sie ist. Ich weiß eigentlich gar nichts.

Die Vorstellung, Isabel wieder im Stich zu lassen, schieb ich wie üblich von mir weg. Jedes Mal wenn ich an sie denke, an ihr Flehen, daran, wie es ihr geht, wird mir übel vor Schuldgefühlen. Aber was soll ich denn tun? Ich allein gegen die Organisation ist ein Kampf gegen Windmühlenflügel.

Also beende ich die Hexenjagd.

Ich muss.

Es hat keinen Sinn mehr.

Mit der Zeit ist es irgendwie seltsam. Es gibt Momente, die sich wie eine Ewigkeit ausdehnen, und andere, in denen die Zeit so rast, als würde mindestens die Hälfte der Minuten streiken.

Freitagmorgen scheint die Zeit mit jeder Minute, die voranschreitet, zwei Minuten rückwärtszulaufen.

Wir haben erst um halb elf Schule, aber wegen Hanna treffen wir Mädels uns schon eine ganze Stunde früher. Um zehn Uhr gibt ihr die Modelagentur Bescheid, ob sie den Job in Paris bekommt oder nicht.

Jacky wollte noch um zehn Euro wetten, aber das wäre sinnlos gewesen, weil Hanna als Einzige glaubt, dass sie nicht genommen wird.

»Hättest du wohl gern«, hat Jacky gesagt. »Wenn du verlierst, hast du den Topjob an der Angel, und wenn du gewinnst, kriegst du dafür auch noch Geld. Vergiss es.«

Ich schätze, es ist keine falsche Bescheidenheit, dass Hanna nicht an ihren Erfolg glaubt. Das Shooting von letztem Montag scheint Ewigkeiten her zu sein. Wenn sie damals schon vor Aufregung aussah wie ein Gespenst, wirkt sie jetzt wie ein Gespenst kurz vorm Durchdrehen. Ihre Beine zittern, sie kaut an ihren Haaren und knackt mit den Fingern.

»Jetzt beruhig dich mal.« Jacky lacht.

Wir sitzen zu viert an unserem festen Tisch in der Cafeteria, als Hanna zum x-ten Mal ihr Handy checkt. »Wenn der Anruf kommt, hörst du es schon.«

»Soll ich rangehen, wenn es klingelt?«, fragt Olivia. »Dann tue ich, als wäre ich deine Sekretärin. Wär doch cool, oder?«

Ich muss leise lachen, als Olivia mit gestelztem Akzent tut, als würde sie das Telefon bedienen.

»Hat eigentlich noch jemand einen Sechs-Sekunden-Auftrag? Wer ist überhaupt dran?« Jacky sieht uns der Reihe nach an, nimmt eine Dose Red Bull aus der Tasche und zieht sie auf.

Automatisch habe ich wieder den sauren Geschmack im Mund.

»Ich trink das Zeug auf keinen Fall noch mal«, sage ich mit Blick auf die Dose.

»Und wie wäre es mit einer Dusche?« Jacky tut, als wolle sie die Dose über meinem Kopf ausschütten. »Eine Red-Bull-Dusche? Ist das eine Idee?«

»Hey Mädels, darf ich fragen, warum ihr während des Unterrichts in der Cafeteria sitzt?«

Herr Verburgh reibt sich die Hände. Schüler beim Schwänzen zu erwischen, ist eine seiner Lieblingsbeschäftigungen. Als ob es tatsächlich Schüler gäbe, die so offensichtlich in der Cafeteria sitzen und schwänzen!

»Ja, natürlich.« Jacky nimmt einen großen Schluck. »Das dürfen Sie gern fragen.«

»Wir haben die ersten beiden Stunden frei«, sagt Olivia und schenkt ihm ein perfektes freundliches Lächeln. »Sie können das gern in unserem Stundenplan überprüfen, wenn Sie uns nicht glauben.«

Herr Verburgh hebt die Hände. »Ich vertraue eurem Wort.« Mit langsamen Schritten läuft er weiter.

»Okay«, sagt Olivia und beugt sich vor. »Jetzt schnell. Macht zu dritt eine Polonaise hinter ihm her. Sechs Sekunden. Jetzt.«

Ich stöhne. »Soll ich filmen?«

»Nix da, Spaßbremse.« Jacky streckt die Hand aus und zieht mich hoch. »Hanna, machst du den Kopf?«

Hanna sieht aus, als würde sie im nächsten Moment in Tränen ausbrechen.

Olivia stößt sie an. »Ja, du auch, Hanna.«

Als ich meine Hände auf Hannas Schultern lege, spüre ich, wie sich ihre Muskeln anspannen. Jacky macht den Schlussmann, legt mir die Hände auf die Schultern und kneift leicht hinein.

»Lalallaaa!«, singt Jacky.

Ich laufe schneller und schiebe Hanna vor mir her. Gleich muss sie die Hände auf die Schultern von Herrn Verburgh legen, sonst knallen wir gegen ihn.

»He! Hallo, was wird das denn?« Er dreht sich um. Auf seiner Stirn entsteht eine tiefe Falte.

»Wir feiern, dass wir erst in der dritten Stunde Unterricht haben!« Jacky lacht so ansteckend, dass ich wie von selbst mitlachen muss.

»Winken Sie doch mal mit der linken Hand in die Kamera!«, rufe ich.

Herr Verburgh reißt seine Schulter los, aber Hanna legt gleich wieder die Hände auf und läuft unerbittlich weiter.

Olivia kriegt sich nicht mehr ein vor Lachen. »Sie sieht aus wie ein Zombie!«

»Ist es nicht bald rum?«, frage ich.

»Lalallaaa«, singt Jacky.

»... und sechs.« Olivia lässt das Handy sinken.

»Vielen Dank, Herr Verburgh.« Jacky legt den Arm um mich und zieht mich von ihm weg.

Mir schmerzen die Wangen vor Lachen. Als wir neben Olivia auf die Stühle fallen, sehe ich noch, wie Herr Verburgh zögernd stehen bleibt, bevor er schließlich einfach weitergeht.

Olivia schüttelt lachend den Kopf, als sie uns den Film zeigt. »Seht euch das an! Das Gesicht von Verburgh!«

»Das müssen wir gleich allen schicken, bevor er sauer wird und wir den Film runternehmen müssen«, sagt Jacky.

Irgendwo klingelt ein Handy.

»Meins ist das nicht«, sagt Olivia, während sie routiniert den Film in verschiedene WhatsApp-Gruppen einstellt.

»Aber meins.« Hanna wedelt mit ihrem Telefon. Sie sieht aus, als würde ihr Todesurteil unmittelbar bevorstehen. Auf dem Display ist eine lange Nummer zu sehen.

»Das ist die Modelagentur«, sage ich. »Wetten?«

»Geh schon ran, Hanna!«, kreischt Jacky.

Steif gleitet Hannas Daumen über das Display. Es scheint Stunden zu dauern, bis sie das Telefon am Ohr hat.

»Hallo, hier ist Hanna.«

Am anderen Ende der Leitung spricht eine Frauenstimme. Jacky sitzt dicht an Hanna gepresst da. Ich hocke vor ihr und halte ihre Knie fest. Olivia hat sich vorgebeugt und filmt alles.

»Was sagt sie?«, flüstere ich Jacky zu.

»Psst!«

Die Frau am anderen Ende redet lange. Es ist, als würde sie mit Messern werfen, denn alle paar Sekunden sinkt Hanna tiefer in sich zusammen.

»Ich höre echt gar nichts«, murmelt Jacky.

»Hast du ihn?« Ich schüttele Hannas Knie. »Hörst du mich, Hanna? Hast du den Job?«

Hanna starrt noch immer ins Nichts, als wäre sie in einer komplett anderen Welt. Dann scheint sie endlich wach zu werden. Sie zwinkert heftig und reibt sich mit Daumen und Zeigefingern über die Lider. »Oh«, sagt sie mit dünner Stimme. »Okay. Ja. Nein. Nein, natürlich.«

Es ist, als wäre ich selber abgewiesen worden. Ich bin deprimiert und ich hätte Lust, mich in eine Ecke zu verkriechen.

Hanna zieht langsam das Handy vom Ohr. Auf dem Display ist noch die Dauer des Telefongesprächs angezeigt. Sie hat kaum eine Minute mit der Modelagentur gesprochen.

»Tut mir leid, Hanna«, sage ich. »Wir haben echt gedacht, dass …«

»Sie machen den größten Fehler ihres Lebens.« Jacky streicht Hanna ermutigend über den Rücken. »Echt. Das wird denen noch leidtun.«

Hanna verzieht das Gesicht. Ich befürchte, dass sie im nächsten Moment anfängt zu weinen und nie wieder aufhört.

»Ist nicht schlimm«, sagt sie, wie um sich selbst zu überzeugen. Und dann, mit einem Lächeln, das ihr in den Mundwinkeln schmerzt: »Es wäre sowieso nichts daraus geworden.«

Als ich um drei nach Hause komme, werfe ich meine Tasche unter die Garderobe und hänge meine Jacke auf.

»Mama! Ich bin da!«

Nichts.

»Floor?«

Nichts.

Es kommt nicht oft vor, dass ich allein zu Hause bin, meistens ist meine Mutter da, und falls sie mal weg ist, bleibt immer noch Floor.

Wenn es dann doch mal geschieht, mache ich immer zwei Dinge. Als Erstes reiße ich eine Tüte Paprikachips auf und danach schenke ich mir ein großes Glas Cola ein. Heute habe ich sowieso schon so viel Mist gegessen, da hat es nun wirklich keinen Sinn, jetzt auf einmal auf gesund zu machen.

In der großen Pause hat Jacky uns zu Pommes in der Imbissbude neben der Schule eingeladen. Aber sie hätte Hanna genauso gut rohen Brokkoli vorsetzen können, solche Minibissen nahm sie. Wir sagten immer wieder, dass die Modelagentur einen riesigen Fehler begangen hat, dass Hanna noch viele Angebote bekommen würde, dass ihre Zeit offensichtlich noch nicht gekommen ist. Aber Hanna zog sich immer weiter in sich zurück, bis sie schließlich überhaupt nichts mehr sagte und wir auch nicht mehr wussten, was wir ihr noch erzählen sollten.

Ich nehme die Post von der Fußmatte und werfe sie auf den Küchentisch. Die Rechnungen sortiere ich für meine Mutter aus und lege sie extra. Dann blättere ich durch die Werbung vom Drogeriemarkt und vom Discounter, ohne wirklich zu lesen, was drinsteht. Ganz unten im Stapel liegt die Tageszeitung. Als ich das große Farbfoto auf der Titelseite sehe, durchzuckt mich ein Schock. Es ist das letzte Schulfoto von Ellis, das Foto, das in den Wochen nach ihrem Tod durch die Nachrichtensendungen geflimmert ist.

TOD VON ELLIS BOUWMEESTER (16)
JETZT EIN JAHR HER
Eltern fordern Wiederaufnahme des Falls

Mit einem Rotstift hat jemand einen flüchtigen Kreis um Ellis' Kopf gezogen. Mir ist sofort klar, dass dies eine Botschaft für mich ist, dass die Zeitung nur für mich auf der Fußmatte lag, dass irgendjemand sie extra für mich gekauft hat. Denn neben Ellis' Kopf steht in roten Buchstaben:

Letzter Auftrag. Freitagnacht. Friedhof. 00.00 Uhr

20

Der Weg kommt mir vor, als wäre er kilometerlang. Wo er endet, am Horizont, wirft eine Laterne sanftes Licht über die Gräber. Der Friedhof wirkt wie ein riesiges klaffendes Maul mit Zähnen, die aus dem Boden herausgeschossen sind. Die Grabsteine werfen lange Schatten auf den Weg.

Seth kneift mir in die Hand. Ich kneife zurück.

Ich habe Seth sofort angerufen, nachdem ich die Zeitung entdeckt hatte. Er hat versucht, mir die Sache auszureden, hat gesagt, dass es das Dümmste sei, was ich tun könne. »Du gehst da auf keinen Fall alleine hin«, sagte er. Und das genau war der Grund, warum ich ihn angerufen hatte. Ich brauchte seine Hilfe. »Doch, wenn du nicht mitkommst, gehe ich alleine«, sagte ich. Ich lauschte seinem Schweigen, seinem frustrierten Seufzen, bis er schließlich nachgab: »Okay. Dann komme ich mit.«

Wie gern würde ich den Reißverschluss meiner Jacke noch weiter zuziehen, aber er ist schon zu bis unters Kinn. Ich bin durchgefroren bis auf die Knochen.

Als ich heute Nachmittag die Nachricht auf der Zeitung gelesen habe, war mir alles klar. Irgendwo tief in meinem Kopf fing sofort ein kleines Stimmchen zu klagen an: Du bist es Isabel schuldig. Wie kannst du sie schon wieder im Stich lassen? Und auch: Du bist schon so weit gekommen. Wenn du jetzt nicht den letzten Schritt machst, hast du dich völlig umsonst mit Eiern bewerfen lassen. Du beugst dich doch ihnen nicht etwa?

Also gewann mein Schuldgefühl wieder gegen meinen Verstand, mein Herz gegen meinen Kopf.

Mit einer Hand hielt ich Seths Hand fest, mit der anderen mein Fahrradschloss. Als wir gerade unsere Räder abschließen wollten, kam mir der Gedanke, dass das überhaupt keinen Sinn hat. Wer sollte denn mitten in der Nacht auf dem Friedhof Fahrräder klauen? Wenn ich das Schloss zu irgendetwas brauche, dann zu meiner Verteidigung. Also wickelte ich mir das verrostete Ding wie einen Schlagring um die Hand.

In Gedanken zähle ich bis sechs, um Mut zu fassen. Wenn ich es schaffe, den ersten Schritt auf dem Weg über den Friedhof zu gehen, dann läuft der Rest wie von selbst. »Gehen wir?«

»Ja«, sagt Seth.

Eins.

Zwei.

Drei.

Vier.

Fünf.

Sechs.

Die frische Schneeschicht knarzt unter unseren Schuhen und hallt tief in die Nacht hinein. Wir laufen an der ersten Gräberreihe vorbei und ich verbiete mir selbst, nach rechts zu schauen, wo die neueren Gräber sind, die Gräber, auf denen bisher nur ein Hügel Erde liegt. Ich habe das Gefühl, dass sich aus ihnen jederzeit eine abgemagerte Hand den Weg nach oben bahnen könnte. Ich konzentriere mich auf den Laternenpfahl und die Atemwölkchen, die ich viel zu schnell ausstoße.

Ich weiß genau, wo Ellis liegt. Das ganze Dorf weiß, wo Ellis liegt. Es ist das einzige Grab mit einem großen weißen Grabstein und einem Treppchen mit drei Stufen. Statt eines rechteckigen Steins steht dort ein Denkmal aus zwei Händen, die eine Schale bilden. Jede Woche liegen darin frische Blumen.

Der Schnee auf ihrem Grab leuchtet im grellen Licht der Laterne.

Unsere Schritte werden langsamer, bis wir vor dem Grab stehen bleiben. Wir senken die Köpfe.

Ruhe sanft, Ellis.

Ein Lichtbündel fällt auf der Höhe meiner Brust auf meine Jacke. Ich schrecke hoch. Jemand hat eine Taschenlampe auf mich gerichtet. Instinktiv strecke ich die Hand aus, um das Licht zu brechen. Zwischen den Fingern hindurch kann ich sehen, dass das Licht mindestens zehn Reihen weiter seine Quelle hat. Für einen Moment erlischt es, um danach sofort wieder aufzuleuchten.

Ich kneife Seth heftig in die Hand.

»Ruhig bleiben«, sagt er leise. »Ganz ruhig bleiben.«

Mein Herz rast. Und jetzt? Was jetzt? Was erwarten sie von mir?

Hinter einem Grabstein vor uns taucht auf einmal eine Gestalt auf. Sie ist groß, von Kopf bis Fuß schwarz gekleidet, trägt eine Kapuze und eine Hasenmaske sowie schwarze Chucks.

»Ich bin bei dir.« Seth stellt sich vor mich, ohne meine Hand loszulassen.

Langsam kommt die Gestalt auf uns zu, bis sie neben Ellis' Grabstein stehen bleibt. Ich schaue auf ihre Schuhe. Das Weiß der Chucks leuchtet im Mondlicht. Sofort sehe ich das Kreuz auf der Fußspitze.

Der Hase hält mir ein Handy hin. Es ist dasselbe wie das, was der Typ vor meinem Fenster und auf dem Hasenweg dabeihatte. In derselben Schrift lese ich eine neue Botschaft:

Tanz sechs Sekunden auf ihrem Grab.

»Nein!« Seth klingt bestimmt. »Jasmin, mach das nicht. Hörst du?«

Ich höre, was er sagt, aber es dringt nicht richtig zu mir durch. Es ist, als wäre ich gar nicht wirklich da. Ich stehe höchstens zwei Meter von demjenigen entfernt, den ich die ganze Zeit gesucht habe. Es ist wie eine Fata Morgana und ich habe Angst, dass sie sich im nächsten Moment auflöst.

»Und dann?« Ich mache einen Schritt nach vorn. Der Hase weicht einen Schritt zurück. »Wenn ich das mache, sagst du mir dann, wer du bist?«

Für einen Moment passiert nichts, dann nickt der Hase langsam.

»Das glaubst du doch selbst nicht, Jasmin. Sei doch nicht so blöd!«

Ich drehe mich zu Seth um. Kapiert er denn nicht, dass wir jetzt im Vorteil sind? Wir sind zu zweit, er ist allein. Ich bin jetzt so nah dran, so nah ...

Ich weiß, was ich tun muss, aber die drei Stufen zu Ellis' Grab scheinen meterhoch zu sein.

Ich konzentriere mich auf meine Atmung. Wenn diese Nacht rum ist, ist es vorbei. Nach diesen sechs Sekunden ist es vorbei. Es ist nur ein Stein. Ellis spürt es nicht. Es sind nur sechs Sekunden.

Beim ersten Schritt schalte ich mein Gehirn aus. Beim zweiten mein Herz. Das muss ich tun, sonst hört das Schreien in meinem Kopf nie auf.

Neben dem Licht der Taschenlampe erscheint ein kleineres, schwächeres Licht. Eine Handy-Kamera. Ihr Licht brennt sich mir direkt in die Seele. Ich beiße mich so heftig in die Wangen, dass ich Blut schmecke.

Noch immer stehe ich auf der zweiten Stufe. Gerade will ich zum nächsten Schritt ansetzen, als der Hase losrennt. Es dauert eine Sekunde, bis ich realisiere, was geschieht, dann springe ich von Ellis' Grab und laufe, so schnell ich kann.

»Stopp!«, schreie ich. »Stopp!«

Wie nebenbei bekomme ich mit, dass Seth uns folgt. Aber ich bin schneller, schneller als je zuvor in meinem Leben.

»Warte! Stopp! Stopp!«

Die Gestalt dreht sich flüchtig um, stolpert dabei über einen großen, mit Schnee bedeckten Blumentopf und knallt auf einen Grabstein. Ich höre das dumpfe Geräusch eines fallenden Körpers. Sekunden später bin ich bei ihm. Ich habe keine Angst mehr. Ich bin erleichtert. Ich lasse mich auf ihn fallen und reiße ihm die Maske vom Gesicht.

Ihr.

Von ihrem Gesicht.

Ich schaffe es nicht, ihren Namen auszusprechen. Ich keuche so heftig, als wäre ich gerade einen Marathon gelaufen. Und dann schaffe ich es doch. »H-Hanna?«

»Bitte, lass mich los.« Hanna versucht, sich aufzurichten. Ihre Haare stehen in alle Richtungen ab und unter ihren Augen klebt schwarze Wimperntusche. Mein Blick wandert zu ihren Schuhen. Ein Kreuz. »Wir werden beobachtet, Jasmin. Bitte, geh von mir runter.«

Mit dem Ellenbogen drücke ich sie herunter und ringe so lange mit ihr, bis meine Knie auf ihren Oberarmen liegen. »Dich loslassen? Dich gehen lassen?«

Am liebsten würde ich ihr das Fahrradschloss gegen den Kopf schlagen und ihr die Ohrringe aus den Ohren ziehen. Wenn ich jetzt mit der Faust aushole, könnte ich ihr problemlos mit voller Wucht gegen die Nase hauen. Ich spüre, wie ich die Kontrolle verliere, wie Wut und Erniedrigung meinen ganzen Körper vergiften. Es ist, als würde eine Fremde unter mir liegen. Eine Fremde in Hannas Körper. Ich habe keine Ahnung mehr, wer das Mädchen ist.

»Es ist nicht so, wie du denkst. Es ist wirklich nicht so, wie du denkst.«

»Ach nein?« Meine Stimme klingt rau, als würde mir das Sprechen wehtun. »Ach nein? Wie könnte es nicht das sein, was ich denke? Sieh dich doch an mit deinen Partyklamotten und der Maske. Du warst die mit dem Kreuz auf den Schuhen. Wie kann es also nicht das sein, was ich denke? Ich weiß, dass du es warst, Hanna. Ich weiß es.«

»Jasmin?« Seth legt mir eine Hand auf die Schulter.

Hanna sieht aus, als würde sie gleich losheulen. Tief in meinem Inneren verkrampft sich mein altes Freundinnenherz vor Mitleid, aber ich weigere mich, dem Gefühl nachzugeben.

»Bitte, Jas.« Hanna schluckt.

»Nein.« Ich drücke meine Knie fester gegen ihre Arme. »Ich weiß, dass du Isabel getreten hast, als sie am Boden lag. Wie konntest du nur, Hanna? Streite es ja nicht ab.« Ich werde immer lauter und meine Stimme hallt über den Friedhof.

»Jetzt halt endlich die Klappe!« Hannas Stimme zittert, aber ich kann nicht heraushören, ob aus Wut oder aus Angst, und es interessiert mich auch nicht.

Für einen Moment fürchte ich zu explodieren. »Ich? Ich soll den Mund halten?«

»Du hast keine Ahnung, was abgeht, Jasmin.«

»Ach nein?« Ich spucke es schier aus vor Wut. »Du hast Isabel so getreten, dass sie ins Krankenhaus musste. So viel Ahnung hab ich.«

Ich bin so wütend, dass ich kaum an mich halten kann. Ich beuge mich vor und es ist, als sähe ich sie zum ersten Mal. Vor mir liegt das hässlichste Mädchen, das ich je gesehen habe.

»Deine Ausrede interessiert mich nicht. Ich will dich nie wiedersehen.«

»Bitte, verrat mich nicht.«

»Du hast mich die ganze Zeit verraten. Du warst es doch, die mitten in der Nacht vor meinem Fenster stand? Und du hast auch die Ratte im Klo losgelassen. Jetzt sag schon! Gib es wenigstens zu.«

»Das waren alles Sechs-Sekunden-Aufträge.« Ihr versagt die Stimme. Eine Träne rutscht ihr vom Augenwinkel zum Ohr.

Ich bin zu fassungslos, zu entsetzt, um etwas zu sagen. Es waren alles Sechs-Sekunden-Aufträge? Das ist ihre Erklärung? Mehr hat sie nicht zu sagen?

»Jasmin, wir müssen gehen.« Seth zieht heftig an meiner Schulter. »Wir können hier nicht länger bleiben.«

Ich blicke Hanna starr an. »Vielleicht waren es alles Sechs-Sekunden-Aufträge«, sage ich. »Aber du hast mich die ganze Zeit verraten.«

Ich stehe auf und klopfe meine Hose ab. Erst jetzt merke ich, dass der Schein der Taschenlampe und das Handy nicht mehr auf mich gerichtet sind. Es ist stockdunkel, als ich über den Friedhof blicke.

Und dann sage ich, was ich schon die ganze Zeit sagen wollte. »Ich gehe jetzt sofort zur Polizei. Du hast die Wahl, ob du dich selbst anzeigst oder ob ich es tue.«

»Das ist nicht dein Ernst.«

Irgendwo in meinem Kopf werden die Worte automatisch mit Olivias Stimme verknüpft. Aber Olivia und Jacky scheinen Menschen aus einer anderen Welt zu sein.

Hanna schlägt die Hände vors Gesicht und schluchzt leise los. »Du kapierst es nicht. Du kapierst es nicht.« Sie wiederholt es immer wieder, bis ich sie am Oberarm packe und hochziehe.

Was sie sagt, interessiert mich nicht. »Ich muss das auch nicht kapieren, Hanna. Ich weiß genug.«

21

Seth umklammert meine Hand, als hätte er Angst, ich könnte ihn jeden Moment loslassen. Wir warten nebeneinander auf einer Bank auf der Polizeiwache. Die Bank fühlt sich kalt und hart an. Abgesehen von einem jungen Polizisten, der uns alle paar Sekunden freundlich zunickt, ist die Wache wie ausgestorben.

Ich bin müde. Wie gern würde ich mich jetzt zu Hause in mein Bett legen. Nach der ganzen Wut von vorhin fühle ich mich jetzt nur noch leer und erschöpft.

Direkt nach unserer Ankunft bei der Polizei wurde Hanna in irgendein Zimmer am anderen Ende des Ganges gebracht. Ich hatte schon auf dem Weg hierher angerufen und einem Beamten in kurzen Sätzen geschildert, was passiert ist. Seth und ich haben Hanna den ganzen Weg festgehalten, während wir mit unserer jeweils anderen Hand die Fahrräder geschoben haben. Nicht, dass das wirklich nötig gewesen wäre: Hanna heulte ohnehin die ganze Zeit und machte nicht den geringsten Versuch abzuhauen. Sie wiederholte nur immer wieder, dass ich das alles nicht verstehen würde. Und einmal sagte sie: »Ich konnte nicht anders, kapierst du das echt nicht?«

»Glaubst du, dass sie Hanna heute Nacht hierbehalten?«, fragt Seth.

Mit meiner freien Hand schraube ich den Deckel von meiner Wasserflasche. Ich glaube es nicht und es interessiert mich auch nicht.

»Meinetwegen können die sie für den Rest ihres Lebens in eine Zelle stecken«, sage ich und meine das auch so.

»Ich kann es immer noch nicht glauben. Dass Hanna zu so etwas in der Lage ist, meine ich.« Seth reibt mit dem Daumen meine Hand. »Obwohl, so gut kenne ich Hanna eigentlich gar nicht. Du kennst sie viel besser.«

Kenne ich Hanna? Kenne ich das Mädchen, das wie geistesgestört auf Isabel eingetreten hat?

Ich schließe die Augen und lehne den Hinterkopf gegen die Wand. Unglaublich, wie verarscht ich mich fühle. Seit ich weiß, dass es Hanna war, frage ich mich, wieso ich nicht viel früher darauf gekommen bin. Es ist, als hätte ich die ganze Zeit viel zu nah vor einem Foto gestanden. Wenn man mit der Nase direkt vor dem Bild steht, sieht man nur eine große Wolke aus Weiß und Blau und Rot, aber wenn man einen Schritt zurücktritt, erkennt man sofort, wer da auf dem Foto abgebildet ist. Ich schüttele langsam den Kopf.

Ihr Pokerface ist ihr Markenzeichen.

Ich hätte der Wahrheit nicht näher kommen können.

Ich nehme einen Schluck aus der Flasche und behalte das Wasser im Mund. Ganz automatisch zähle ich bis sechs.

Sechs Sekunden. Die Worte hallen mir durch den Kopf. Wir haben uns die ganze Zeit etwas vorgemacht und uns eingeredet, sechs Sekunden seien weniger als nichts.

Aber sechs Sekunden sind mehr als nichts. Sechs Sekunden sind alles. In sechs Sekunden kannst du etwas anfangen und etwas beenden. Du kannst jemandem gratulieren und kondolieren. Kannst geboren werden und sterben. Sechs Sekunden sind noch nie nichts gewesen.

»Ich muss nach draußen. Ich brauche frische Luft.« Ich stehe auf und löse meine Hand aus der von Seth. »Lass mich mal eben.«

»Warte.« Er steht auf und nimmt wieder meine Hand.

Aus den Augenwinkeln nehme ich wahr, dass der Polizist an der Pforte zu uns hersieht.

Seth fährt mir zart mit dem Daumen über die Unterlippe. »Du hast das Richtige getan«, sagt er dann.

Ich fühle mich gar nicht gut. »Ach ja?« Ich zwinge mich, ihn eine volle Sekunde anzusehen. Zwei Sekunden. Drei. »Ich habe Hanna bei der Polizei angezeigt. Das fühlt sich nicht gerade toll an.«

»Sie hat etwas Schlimmes getan.«

Ich nicke. Vier. Fünf. Sechs Sekunden. »Ja. Kann sein.«

»Jasmin de Waal?«

Am Ende des Ganges hält ein Polizist mit einem freundlichen Gesicht eine Tür auf. Es ist ein ziemlich durchschnittliches Gesicht, eins, das man schnell wieder vergisst. Und trotzdem erkenne ich es aus Tausenden.

Regel Nummer eins: Schweig wie ein Grab über die Party.

Wahrscheinlich klingt das seltsam, aber ich habe mir noch nie über die anderen Regeln Gedanken gemacht. *Regel Nummer eins* klingt so, als gäbe es noch mehr Regeln, als wäre Regel eins nur der Anfang und als gäbe es eine Regel zwei und wer weiß wie viele noch. Aber das fällt mir erst jetzt auf. Jetzt, wo es keine Rolle mehr spielt.

Ich erzähle Scholten alles, was ich weiß.

Fast alles.

Ich erzähle von der ersten Party im Wald und von der zweiten beim Schwimmbad. Erzähle vom Kreuz auf den Chucks und von den Mails der Organisation. Von Hannas Mails, korrigiere ich mich selbst. Von Hanna, die offensichtlich zur Organisation gehört.

Ich verschweige, dass ich Nick verdächtigt und Seth geküsst habe.

»Ich möchte gern die Abrechnung noch einmal mit dir durchgehen«, sagt Scholten, als ich fertig bin, und fängt an, Namen zu nennen. »Nick Ploeger? Nancy Klarenbeck? Demi und Danique Laakman?«

Ich schüttele so heftig den Kopf, dass mir schwindelig wird. Ich weiß es nicht. Er kann mir gern die gesamte Gästeliste vorlesen, trotzdem weiß ich es nicht. Genau das ist eben das Erfolgsrezept der Party. Ich habe keine Ahnung, wer außer Hanna bei der Abrechnung dabei war.

»Und du?«

Die Frage liegt so auf der Hand, dass ich mich ohrfeigen könnte, weil ich mich nicht darauf vorbereitet habe. Meine Luftröhre hat auf einmal den Durchmesser eines Strohhalms.

»Ich ... Ich habe wirklich nichts getan.«

Und auf einmal dringt die volle Bedeutung meiner Worte zu mir durch. Ich sehe mich selbst von oben in einem dunklen Wald. Acht Menschen mit Masken treten Isabel so lange, bis ihre Beine nachgeben. Sie sackt in dem schwarzen Sand zusammen (HILF MIR!), versucht verzweifelt, sich selbst zu schützen, aber da sind zu viele Füße und sie treten so heftig zu. Sekunden werden zu Lichtjahren. Ich rieche Schweiß und den metallenen Geruch von Blut. Warum greift niemand ein? Warum hilft niemand dem Mädchen am Boden, sie liegt schon am Boden, stopp, stopp jetzt, HÖÖÖÖRT AUUUF!

Wer nichts tut, tut auch etwas. Wegsehen bedeutet Ja sagen. Schweigen ist zustimmen.

»Ich habe gar nichts getan.«

Und dann bricht es endlich aus mir heraus und ich heule alle Tränen, die die ganze Zeit in mir festgesteckt haben.

Meine Hände sind so verschwitzt, dass sie kleben, als ich Montagmorgen am Fahrradständer auf Jacky und Olivia warte. Es kommt mir wie eine Ewigkeit vor, dass ich das letzte Mal hier gestanden habe, während in Wirklichkeit nur ein Wochenende dazwischenliegt.

Meine Mutter war außer sich, als sie mich Freitagnacht bei der Polizei abgeholt hat. Alles an ihr zitterte: ihre Hände, ihr Mund, ihre Stimme. Es war, als hätte sie hundert Mini-Wutanfälle hintereinander.

Du warst also doch auf dieser Party.

Ein Spiel, bei dem jemand zusammengeschlagen wird!

Du hast mir eiskalt ins Gesicht gelogen, Jasmin de Waal!

Ein Spiel? Jemanden krankenhausreif prügeln, ein Spiel?

Du hättest Isabel in jener Nacht sehen müssen!

Sechs Sekunden? Sechs Monate Hausarrest meinst du wohl!

Ich sollte sofort mein Handy bei ihr abgeben und mir für das nächste halbe Jahr alles, was Spaß macht, aus dem Kopf schlagen. Und ich sollte von Glück sagen, dass sie mich überhaupt auf der Wache abgeholt hat.

Das ganze Wochenende behielt sie mich wie ein persönlicher Wachhund im Auge. Nur, als Samstagnachmittag meine Oma anrief – dank dir sind wir jetzt der Schandfleck der Familie, Jasmin, hörst du? –, konnte ich Jacky schnell via Twitter mitteilen, dass Hanna festgenommen wurde.

Jacky antwortete sofort. Die Neuigkeit von Hannas Festnahme am Freitag hatte schon die Regio-News erreicht.

Ich versuchte, Jacky zu erklären, wie verraten ich mich von Hanna fühlte; dass ich aber auch jedes Mal, wenn mich das kleinste bisschen Selbstmitleid überkam, ein schlechtes Gewissen hatte: Schließlich hatte ich Nick die ganze Zeit misstraut. Außerdem hatte ich Jacky auch nicht hunderprozentig vertraut und Olivia schon gar nicht. Ich fühlte mich verraten und als Verräter zugleich.

Jacky reagierte so, wie nur Jacky reagieren kann. Sie sagte, dass sie das alles schon längst vergessen hätte und dass wir schließlich Freundinnen seien.

Freundinnen, schrieb sie. Nicht *beste Freundinnen.* Aber vielleicht ist es das beste Wort für das, was wir jetzt sind.

Jemand tippt mir auf die Schulter. Als ich mich umdrehe, sehe ich ein Mädchen mit einem weißen Verband auf der Nase, der von zwei Pflastern festgehalten wird. Ihre Lider sind schon etwas abgeschwollen, das feurige Rot hat einem sanfteren Gelb Platz gemacht. Sie wirkt befreit, erlöst, vielleicht sogar froh.

»Isabel. Ich weiß nicht, wo ich anfangen soll ...«

Isabel unterbricht mich, indem sie die Hand hebt. »Ich muss das nicht wissen, Jasmin. Ich habe für den Rest meines Lebens genug gehört.« Sie lacht, wie ich es bei ihr selten erlebt habe. Sogar ihre Augen lachen mit. »Ist schon gut.«

Ich will noch etwas sagen, aber die Worte in meinem Kopf fügen sich nicht zu einem Satz.

Für einen Moment schaut Isabel über meine Schulter hinweg in die Ferne, dann aber sieht sie mich gleich wieder an. »Du hast keine Ahnung, wie erleichtert ich bin, seit ich weiß, dass es Hanna war.«

War das ihr Ernst? Wirklich?

»All die Nächte habe ich wach gelegen und Listen möglicher Verdächtiger geschrieben. Weißt du, wie unheimlich das ist, wenn du niemandem mehr vertrauen kannst? Ich habe sogar an Jurre gezweifelt. Wer konnte mir garantieren, dass nicht er heimlich dahintersteckte?« Sie lacht leise. »Das Schlimmste an der Angst war, dass ich mir selber alle möglichen Dinge eingeredet habe. Solange ich nicht wusste, wer es war, konnte es jeder sein.«

Das »selbst du« höre ich in der Stille, die ihren Worten folgt.

»Es war Hanna«, sagt Isabel. »Und seit ich das weiß, habe ich keine Angst mehr vor dem Unbekannten. Ich habe keine Angst mehr, dass sie mich beobachten könnten. Endlich kann ich meiner Angst direkt in die Augen sehen. Das Böse hat ein Gesicht bekommen.« Sie lacht. »Endlich fühle ich mich wieder sicher.«

»Willst du denn nicht wissen, warum sie das getan hat?«, frage ich. »Willst du nicht mit Hanna reden?«

Isabel rückt ihren Arm in der Schlinge zurecht. »Vielleicht. Irgendwann. Aber macht die Antwort wirklich so einen Unterschied, wenn das Ergebnis dasselbe bleibt?«

Ich nicke. Ich verstehe genau, was Isabel meint.

»Egal, was Hannna sagen würde, ich wüsste nicht, was jetzt noch etwas ändern könnte.«

Omerta

Es war meine Idee, dir sechs Sekunden lang Red Bull ins Gesicht zu kippen. Meine Idee. Aber aus irgendeinem Grund war ich nicht diejenige, die die Dose hielt oder die dich festhielt. Nein, stattdessen landete ich zum x-ten Mal hinter der Kamera.

Lass doch Hanna den Film drehen. Lass Hanna filmen, wie Jasmin und Olivia sich nicht mehr halten können, während Jacky mit »Schlampe« auf der Stirn durch die Schule läuft. Lass Hanna filmen, wie Olivia sechs Sekunden lang in der Stunde von Herrn Poel herumkreischt und wie Jacky und Jasmin sich währenddessen auf die Hände beißen, um nicht in Gelächter auszubrechen.

So lief es jedes Mal.

Von Anfang an wusste ich, dass unsere Freundschaft ein Verfallsdatum hat. Ich habe nie wirklich dazugehört. Du warst nicht meinetwegen mit mir befreundet, sondern, weil es dir gerade gut gepasst hat. Ich war Füllmaterial, eine zweite Besetzung, austauschbar.

Freundinnenverrat ist der schlimmste Verrat, den es gibt. Familie und Klassenkameraden hast du dir nicht selbst ausgesucht, und wenn du von deinem Lover verraten wirst, kannst du deine blinde Verliebtheit auf irgendwelche chemischen Reaktionen schieben, wegen der du zeitweise nicht zurechnungsfähig warst. Aber deine Freundinnen suchst du dir selbst aus, mit deiner Intuition. Freundinnen sind die Einzigen, mit denen du bewusst einen Pakt schließt und eine eingeschworene Gemeinschaft bildest. Wenn eine Freundschaft in giftigem Boden Wurzeln schlägt, kannst du niemandem die Schuld daran geben als dir selbst.

An das Gefühl, abgewiesen zu werden, gewöhnst du dich nie, sosehr du dir auch einredest, dass es dir nichts ausmacht. Es tut immer wieder aufs Neue weh, wenn deine eigenen Freundinnen dich nicht dabeihaben wollen, wenn sie dich nur als Joker ansehen. Ich hab mich oft gefragt, was schlimmer wäre: dass du mich vergisst oder mich absichtlich nicht mitnimmst. *Ach ja. Da ist ja noch jemand.*

Ehrlich: War das nicht genau das, was du dachtest, als du auf dem Friedhof herausgefunden hast, dass ich es war?

Manchmal hast du dich für mich eingesetzt, aber noch viel öfter ließest du mich fallen. Du hast mich nicht gefragt, wie es mir bei der Befragung durch die Polizei in der Schule ergangen ist, hast nichts über deine eigene Befragung erzählt. Ich musste von Jacky erfahren, dass Seth die Nacht mit dir verbracht hat.

Auf dem Weg zur Party ging es noch. Wir fuhren zusammen und hatten Spaß, aber kaum waren wir an den Gatekeepern vorbei und hatten die ersten Drinks intus, ließest du mich auch schon eiskalt fallen. Von dem Moment, als du mit Jacky tanzen gegangen bist und ihr Teil der Menge wurdet, habe ich keine von euch mehr gesehen.

Und stand wieder da. Allein.

Alleine zwischen feiernden Menschen herumzustehen, ist das einsamste Gefühl, was es gibt. Ihr Lachen unterstreicht deine Traurigkeit. Ihr Gejohle deine Stille.

Und da beschloss ich, nicht länger stillzuhalten.

Ferdinand erwischte mich dabei, wie ich mir mit meinem Eyeliner ein Kreuz auf die Chucks malte. Das tat ich für den Fall, dass meine allerliebsten Freundinnen mir nicht glauben würden, dass ich bei der Abrechnung mitgemacht hatte. Ich ging davon aus, dass irgendjemand das Kreuz sehen würde.

Ferdinand schien mich zuerst kaum zu erkennen, als er fast über mich stolperte.

»Du hier?« Er klang genauso von oben herab wie Olivia.

»Sieh an. Auch für die Abrechnung, schätz ich?«

Ich wollte ihm sagen, dass ich eigentlich gar nicht vorhatte, mitzumachen, weil ich den neuen Modeljob nicht mit blauen Flecken antreten konnte, aber es kam völlig falsch rüber. Statt lässig klang ich uninteressiert und verwöhnt, so als würde ich täglich Shootings in Paris angeboten kriegen.

»Jaja«, sagte Ferdinand, es wirkte wie eine doppelte Verneinung.

Noch bevor ich ihm erzählen konnte, dass ich trotzdem bei der Abrechnung mitmachen wollte, war er schon wieder verschwunden. Das Gespräch hatte kaum sechs Sekunden gedauert.

Er wusste als Einziger, dass ich mir ein Kreuz auf die Schuhe gemalt hatte. Er wusste als Einziger, dass ich Isabel getreten hatte, als die sechs Sekunden schon lange vorbei waren. Und er hätte den Mund gehalten, da bin ich mir ganz sicher. Wenn du auch den Mund gehalten hättest. Schweigen wie ein Grab, das war die einzige Regel, an die wir uns zu halten hatten. Als du unbedingt herausfinden musstest, wer Isabel so misshandelt hatte, musste die Organisation zwangsläufig eingreifen. Ich bekam Nachrichten, in denen sie mich vor die Wahl stellten: Ich musste dafür sorgen, dass die Hexenjagd aufhörte, oder sie würden mit uns beiden abrechnen. Ich hoffte, du würdest deine Suche beenden, wenn ich dir nur genug Angst einjage. Hoffte, du würdest nie dahinterkommen, dass ich es war. Hoffte, dass ich davonkommen würde. Denn jetzt fängt das Elend erst an.

Das Problem mit Fehlern, die man nicht zugeben will, ist, dass man versucht, sie durch noch größere Fehler zu vertuschen. Man erfindet neue Lügen, um die alten zu verdrängen.

Ich habe in der Schule eine zahme Ratte in deine WC-Kabine gejagt.

Ich stand nachts mit einer Plastikratte vor deinem Fenster.

Ich habe die Eier auf der zweiten Party ausgeteilt und das erste geworfen.

Ich erteilte den Auftrag, Seth zu küssen.

Es war nie beabsichtigt, Seth in die Sache hineinzuziehen. Die Organisation wollte absolut gar nichts von ihm. Dass er Schäden an den Mofas verursacht hat, interessiert keinen Menschen. Das ist eine Versicherungssache.

Du kannst mir dankbar sein, dass ich es war, die sich die Sechs-Sekunden-Aufträge ausgedacht hat. Der am Grab war mein letzter Versuch. Mit einem Film, in dem du das Grab schändest, hätte ich dich schön erpressen können. Dachte ich. Das alles war immer noch besser als die Art, auf die die Organisation dich danach zum Schweigen bringen wollte.

Im Moment werde ich auf der Polizeiwache festgehalten. Ich habe keine Ahnung, was danach mit mir passiert. Eine Geldstrafe, Sozialstunden, mein Anwalt hat sogar das Wort »Jugendhaft« fallen lassen. Die Polizei verhört mich immer wieder, Stunde um Stunde. Sie können nicht glauben, dass ich ganz alleine gehandelt habe. Warum habe ich weiter zugetreten, als die sechs Sekunden vorbei waren? Geschah das im Auftrag der Organisation? Wurde ich dafür bezahlt?

Sie kapieren es einfach nicht.

Niemand tut das.

Ich habe weiter zugetreten, weil ich mich lebendiger gefühlt habe als je zuvor.

In dem Moment habe ich mehr zu euch gehört als jemals zuvor.

Ich habe gefühlt, wie die Leute die Luft anhielten, als alle aufhörten und ich weitermachte.

Für die wenigen extra Sekunden war ich nicht Hanna, das hässliche Model, das jeder so schnell wieder vergisst. Ich war die Person, über die noch wochenlang geredet werden würde. Die Person, die das tat, was sich niemand sonst traute, war ich.

Die Organisation wollte natürlich nicht, dass die Polizei sich mit der Sache beschäftigte. Weil sie längst wussten, was ich erst jetzt weiß: Man bekommt Strafminderung, wenn man andere Menschen verrät. Sie befürchteten, dass ich den Mund aufmache, wenn ich mich selbst anzeige oder wenn du mich anzeigst.

Jeder kommt an den Punkt, an dem er einknickt. Bei mir passierte es nach gut einer Stunde im Verhörraum.

Es gibt so etwas wie einen Ehrenkodex. *Omerta.* Man verrät niemanden bei der Polizei, nicht einmal den ärgsten Feind. Aber ich bin keine eiskalte Kriminelle. Ich bin ein Mädchen, das am liebsten wieder nach Hause will.

Also habe ich Ferdinands Namen genannt. Ich musste einfach. Es war der einzige Name, den ich hatte. Ich habe keine Ahnung, wie tief er in der Organisation drinsteckt, aber er muss etwas damit zu tun haben, dachte ich. Es konnte gar nicht anders sein.

Und offensichtlich hatte ich recht.

Heute Nachmittag, als ich vorübergehend in eine Zelle gebracht wurde, bin ich ihm begegnet. Zwei Polizisten führten ihn ins Verhörzimmer. Erst dachte ich, er würde mich nicht erkennen, aber dann erschien ein irres, grausames Lächeln auf seinem Gesicht.

In diesem Moment wusste ich, dass wir den größten Fehler unseres Lebens gemacht hatten. Wir hätten niemals die erste Regel brechen dürfen.

Im Vorbeigehen sah Ferdinand mich so durchdringend an, dass ich ihn auch anschauen musste. Seine Augen wirkten wie zwei hohle Löcher. Als ich hineinblickte, sah ich nichts. Sie waren schwarz wie die Nacht.

Als wir direkt aneinander vorbeigingen, beugte er den Kopf in meine Richtung. Ich könnte schwören, dass ich ihn lachen hörte. Lachen. Und dann sagte er etwas. Es war kaum mehr als ein Flüstern.

»Habt ihr vergessen, was mit Ellis passiert ist?«

Daniëlle Bakhuis

Denkzettel
Wenn dein Albtraum wahr wird

Das neue Schuljahr beginnt für Jade mit einem Schock. Vier Jahre ist es her! Damals war Zoë ein graues Mäuschen und Jade konnte einfach nicht anders, als sie zu ärgern und zu schikanieren, jeden Tag. Bis Zoë eines Tages verschwand. Doch jetzt ist sie wieder da und das Blatt wendet sich. Plötzlich bekommt Jade diese Briefe. Briefe, die sagen: Jetzt bist du an der Reihe!

Timo F.

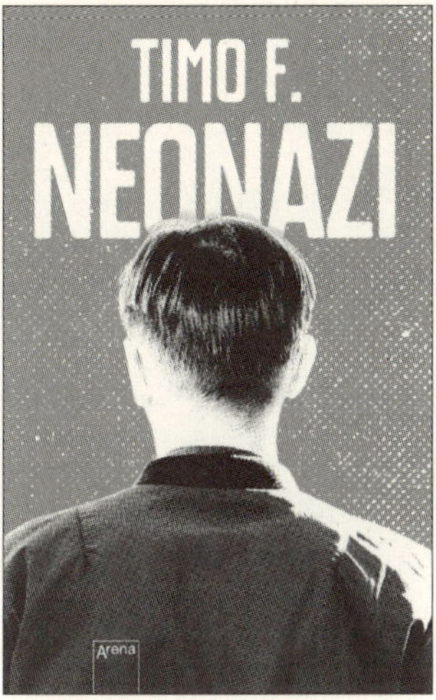

Neonazi

Timo war Neonazi. Obwohl er für die Ideologie nie etwas übrig hatte, landet er als Vierzehnjähriger in der rechten Szene: Er hört Neonazi-Musik und läuft auf Demonstrationen mit. Er liebt die öffentliche Rebellion und die Anerkennung, die er unter den Gleichgesinnten erfährt. Bald gewinnt er Kameraden für militärische Zeltlager, steigt zum Leiter einer rechten Ortsgruppe auf und wirbt voller Begeisterung Gleichaltrige an. Doch als er ins Visier des Staatsschutzes gerät, kommen ihm erste Zweifel: Ist das wirklich der Lebensweg, den er einschlagen will?

Stefan Gemmel / Uwe Zissener

Befreiungsschlag

Damit hatte Maik nicht gerechnet. Geprügelt hat er sich schon oft, immer folgenlos, aber nun wurde er zu einer Jugendstrafe auf Bewährung verurteilt. Er hat die Wahl: Knast oder ein Anti-Gewalt-Training. Klar, dass Maik solch ein Training für völlig überflüssig hält, auf Psychogeschwätz kann er verzichten. Doch weil das Training besser ist als Gefängnis, willigt er ein und macht erstaunliche Erfahrungen. Seine Umwelt und vor allem seine Freundin Julia beginnen gerade, ihn mit anderen Augen zu betrachten, da droht der Rausch der Spielkonsole ihn vom Weg abzubringen …